出版说明

　　胡立根、谢晨先生主编的"经典阅读课"丛书,致力于传承中华优秀文化基因,提升青少年核心素养,帮助中小学生在阅读经典中建构并丰富自己的精神图式。在编辑过程中,我们按照现代出版规范对选文进行了统一处理,对部分选文做了删减,力求提供一套符合现代文字规范的青少年读物,以建立对纯洁汉语的认知和体悟。敬请作者、译者见谅。

　　另外,我们已经联系到大部分选文的作者和译者,他们同意将作品列入"经典阅读课"丛书,但由于作者面广,仍有部分作者和译者无法取得联系。请作者和译者看到本丛书后,尽快与我们联系,以便奉寄样书和稿酬。

　　诚致谢意!

联系人:蒋鸿雁
电话:0755-83460371
Email:984213171@qq.com

深圳市海天出版社有限责任公司
2018年7月

青少年核心素养
经典阅读课

文学顾问 / 曹文轩

主编 / 胡立根 谢晨

家园的守望

本册主编 / 谭轶珊

编者 / 谭轶珊 陶波

海天出版社（中国·深圳）

图书在版编目(CIP)数据

家园的守望 / 胡立根, 谢晨主编. — 深圳 : 海天
出版社, 2018.7
　(青少年核心素养经典阅读课)
　ISBN 978-7-5507-2123-4

　Ⅰ.①家… Ⅱ.①胡… ②谢… Ⅲ.①阅读课—中学
—课外读物 Ⅳ.①G634.333

中国版本图书馆CIP数据核字(2017)第325451号

家园的守望

JIAYUAN DE SHOUWANG

出　品　人	聂雄前
项目负责人	蒋鸿雁
责 任 编 辑	徐　力
责 任 技 编	梁立新
责 任 校 对	张　敏
封 面 设 计	深圳市张达利设计有限公司

出 版 发 行	海天出版社
地　　　址	深圳市彩田南路海天综合大厦（518033）
网　　　址	www.htph.com.cn
订 购 电 话	0755-83460397（批发）　83460239（邮购）
排 版 制 作	深圳市龙瀚文化传播有限公司　0755-33133493
印　　　刷	深圳市华信图文印务有限公司
开　　　本	787mm×1092mm　1/16
印　　　张	15.5
字　　　数	220千
版　　　次	2018年7月第1版
印　　　次	2018年7月第1次
定　　　价	32.00元

阅读需要仰视

阅读，是对世界和生命的凝视。未经凝视的世界是毫无意义的。苏格拉底说："认识你自己。"经由阅读，我们的心沉静下来，并始细心聆听远方的声音，聆听与自己相隔千里万里、相距千年万年的高贵的生命回响，从而更好地认识世界，认识自己。

阅读，让灵魂高贵，让生命丰盈。人的精神高度与阅读高度紧密相联，人因读书而高贵。经由阅读，你会获得一种让灵魂生香的高贵气质。阅读，让我们领略另一种不可能经历的时代和生命，让我们用一种新的眼光反思生活，面对人生。

阅读与写作相辅相成。阅读是张弓，写作是支箭。要想写作这支箭射得更远，就要让阅读这张弓更强。阅读就像采摘葡萄，在心土的深处发酵久了就变成了葡萄酒，这就是阅读给再创作带来的灵感。

阅读，要与高贵的文字结缘。书是有血统的。我们要读有高贵血统的书，这些书能照亮生命的旅程。对于成长中的孩子而言，要让他们在有限的生命长度里读有价值的书，多读能够打精神底子的书，读"有根的书"，读经典。经典至高无上，阅读需要仰视。

深圳是一座有着自己的人文梦想的城市，深圳读书月已经开展了

18年，深圳青少年阅读也一直是一面迎风招展的旗帜。这些年来，我每年都要到深圳，和深圳的校长、老师、学生，也和更多的市民朋友讲阅读，我一直强调读书要有选择，青少年人生经历有限，学业压力大，读什么书是一个很重大的问题。我在很多情况下讲过，现在的很多孩子读的是没有用的书，没有"根"的书。这个根，就是要有"文脉"，能够传承下去。近年来，深圳市学生文联和胡立根工作室一直在做一件事情，那就是帮助、引导学生阅读经典。基于青少年核心素养的"经典阅读课"丛书，立足人生中必然面对的关于传统、关于生命、关于自然、关于亲情、关于家园、关于哲学、关于历史、关于审美等12大命题，精选古今中外经典名篇，加以导读，汇成12个主题读本。这套"经典阅读课"是知名特级教师胡立根、知名阅读推广人谢晨和他们的团队多年阅读教育和阅读推广实践的集大成，已经数年试用，效果良好。我乐于见到一个青少年经典阅读推广的阳光地带。

"经典阅读课"是一套有"根"的书。愿每一个青少年读者都能懂得仰望经典、凝视生命，在阅读经典的过程中建构精神家园，打好人生底色。

曹文轩
2017年12月于北京大学蓝旗营住宅

传承文化基因，提升核心素养

"春江潮水连海平，海上明月共潮生。滟滟随波千万里，何处春江无月明……"

浩瀚的大海，蕴藏无数珍奇，充满神奇魅力。但是，沧海茫茫，却又令我们无所适从。于是，许多人一个猛子扎进去，纵然喝了满肚子的海水，但最终被淹没在大海之中。有的人跳进去，捞了几只鱼虾，上得岸来，也不管有没有毒，适不适合，便整条整条地吃下去，吃得津津有味，这样，虽是品尝了海味，但终是囫囵吞枣，难免中毒，更不知大海中还有许多更神奇的美味。于是有一些潜水高手，一些渔民，从大海中打捞出各种珍品，一股脑堆在那里，或者胡吃海吃，最终可能导致消化不良，难以有效吸收。

同样，当我们来到人类文化的大海之滨，渺小的我们，会不会像当年张若虚那样，被人类文化的浩渺所震撼，所吸引？面对人类浩如烟海的文化典籍，我们有这样几种做法，一种是一头扎进去，找到几本书，也不知适不适合自己，读了再说。这种阅读，当然有价值，但正如老子所言："吾生也有涯，而知也无涯。以有涯随无涯，殆已！"在信息化的当今时代，各种信息纷至沓来，新的知识层出不穷，令人应接不暇，尤其是学生，课业负担繁重，而大部分学生今后所从事的又并非狭义的文化类工作，哪有那么多时间一本一本地将文化典籍读完呢？这样我们所读的典籍终究有限。

于是我们有许多文人、学者、老师，从大量的文化典籍中遴选出优秀的篇章，编辑了各种各样的读本。这些读本因为经过了认真挑选，剔除了糟粕，浓缩了精华，应该是为读者提供了一定的精神食粮。这些读本虽然也形成了自己的所谓体例，也多是分单元阅读，但基本上是，或按作者，或按朝代，或按国别，或者取一个华美的单元标题，选文之间多缺乏内在的逻辑联系，选本没有形成独立的思维结构，因而仍然脱不了碎片化的嫌疑。大多只是将许多好东西送到了读者的面前，读者读完之后，虽不说是一地鸡毛，但很可能是一锅乱炖。

这就涉及我们今天为什么要阅读经典的问题。其中的一个目的，可能是了解，通过阅读经典，知道往圣先贤的生活、思想状况。但是，了解不应该是主要目的，读经典主要不是为了发思古之幽情。经典的阅读，不是让读者回到过去，更不是让孩子们穿着唐装汉服，摇头晃脑地之乎者也，经典阅读的目的应是指向未来；我们要将往圣先贤请到当下，让他们来指导我们当下的行为。因此经典的阅读的目的，固然有丰富知识的因素，但是，知识不是我们的终极目的，经典阅读最终应该指向我们的行为，指向实践。

人类文化经典的形成，并不是一朝一夕之功，而是千千万万的先辈们，面对生命，面对人生，面对世界的诸多问题、诸多困扰，进行探索，从而形成他们的思考，形成他们应对的态度和精神。因此，所谓经典，本质上就是往圣先贤人生实践的精彩总结与记录。其中，最有价值的就是往圣先贤思考问题的方式、他们的精神态度、他们的人生趣味，这一切，我们不妨称之为思维图式、精神图式和审美图式。

早在19世纪，威廉·冯·洪堡特就说："在语言中，个别化和普遍性协调得如此美妙，以致我们可以以为下面两种说法同样正确：一方面，整个人类只有一种语言；另一方面，每个人都有一种特殊的语言。"①世界的语言无疑是多种多样的，但洪堡特为什么说整个人类只有一种语言？因为，每一种语言的背后，实际上隐藏着民族共同的认知与思维的方式和情感、价值观、世界观的共同趋向，甚至隐藏着整个人类相近的思维与认知方式，人类相近的情感价值观方向，也就是说，形形色色的语言背后，有民族的、人类的共有的思维图式、精神图式和审美图式在，正因为这样，不同语言的人群之间才能进行沟通和理解。而这些共有的图式，就是洪堡特所谓共有的语言，这些共有的思维图式，实际上就是民族和人类的文化基因。而经典，之所以能成为经典，就是因为承载了民族的、人类的共同的思维与情感的成果，隐含了一个民族甚至整个人类的共有图式。因此，民族的、人类的共有的思维图式、精神图式、审美图式应该是经典的内核。

经典之所以成为经典，固然与经典语言的规范与生动有关，但经典往往并不代表当时语言的最高法则，即使经典的语言代表当时语言的最高法则，这些法则对于当今时代，其价值也是极其有限的。经典的最高价值，是人类和民族某一阶段、某一方面的思维图式、精神图式乃至审美图式的精致的凝固，是民族和人类的思维图式、精神图式、审美图式的瑰宝，是人类文化的优秀基因。这才是我们阅读经典最应关注的东西！对于读者来说，人生也许没有非读不可的书，就像苏轼没有读过《红楼梦》，奥巴马不一定读过《论语》，但是，人生一定有必须面对和思考的问题，所以，《红楼梦》中涉及的许多话题，苏轼都有过深邃的思考，《论语》中涉及的许多问题，奥巴马也应该做过探索。所以，今天读经典，可能并非必须读某一本书，但是，我们应该从经典中吸取往圣先贤应对人生问题的优秀的思维图式、精神图式和审美图式，从而优化我们自己的思维结构、精神世界和审美趣味，进而提升我们的核心素养。

① 威廉·冯·洪堡特. 论人类语言结构的差异及其对人类精神发展的影响[M]. 姚小平，译. 北京：商务印书馆，1999.

这样，经典阅读，实际上有三个层面，第一个层面是语音、文字、词汇和语法，这是最表层的东西，也是入门的东西；第二个层面是语言的技巧，包括修辞、章法、为文技巧等；第三个层面是思维图式、精神图式和审美图式。而第三个层面，实际上又包括两个层次：一是民族的思维图式和精神图式；二是人类的思维图式和精神图式。第三个层面才是经典阅读的关键所在。

但是，我们怎样从经典中获取这些高贵的文化基因？我们怎样才能掌握人类几千年来传承的思维图式、精神图式和审美图式？按照前文所述的第一种方式，一头扎进去，找几本书读一读，固然可能获取某一个作家的某种文化基因，但，一则可能将不良基因也一并收取，二则所获有限。如果按上述第二种方式，阅读各种优秀文章堆砌的读本，可能避免了不良基因的吸收，但是，这些选本多是文章的碎片化堆砌，并没有从思维图式、精神图式和审美图式的角度进行整合，在阅读中，我们可能只能形成碎片化的记忆，难以形成我们自己的优秀的思维、精神、审美的图式。

基于这样的思考，我们尝试着从人生必须思考的问题出发，精选人生问题的12个主题，研究往圣先贤对这些问题的思考、态度与趣味，从浩如烟海的经典中，抽取我们认为承载了优秀的思维图式、精神图式、审美图式的经典文本，按相关主题，从这三个图式的角度加以梳理，编辑了这一套"青少年核心素养经典阅读课"主题阅读丛书，以求有助于构建我们的思维图式、精神图式和审美图式。

本丛书共分12个主题。包括人生首先必须面对的生命问题、人生发展问题、情感问题，从这个层面，我们编辑了《生命的长河》《人生的智慧》和《情感的咏叹》三个主题读本；然后是人与自然的关系、人与家国的关系和人与历史的关系，从这个层面我们编辑了《自然的密码》《家园的守望》和《历史的声音》三个主题读本；再上升一层是本民族的文化传承、科学的问题和哲学思考，在这个层面，我们编辑了《传统的精髓》《科学的边界》和《智者的哲思》三个主题读本；作为经典的语文读本，我们还从审美的角度选取了三个主题，包括审美与艺术、经典美文、古典诗词，由此编辑了《审美的盛宴》《美文的品鉴》和《诗词的韵味》三个主题读本。

为了引导读者从思维图式、精神图式和审美图式的角度思考相关主题，在编辑中，我们力图体现以下编创原则：

一是经典性。在选文上，力求将人类关于相关主题的思想精华和最具艺术化的作品呈现给读者，尽量让读者占领相关主题的人类思维制高点。

二是建构性。该丛书与其他读本类丛书最大的区别在于，编者以人生必须面对的问题为切入口，以问题的思辨和解决为逻辑主线，选取相关经典，力图以此引导读者建立起相关的精神图式、思维图式。

三是可读性。考虑到本丛书的主要读者对象为青少年，在选文上尽量做到经典性的同时，适当降低了选文难度，难度稍大的选文，在"导读"和"交流之窗"中对阅读做一些梳理性的提示。在导读的用语上也尽量考虑以青少年为读者对象，尽量增强导读的活泼性和可读性。

四是思辨性。在选文上，将思辨性放在优选地位，以期给读者思想启迪，不少章节有意识地选取了一些持不同观点的文章，目的在形成思想的冲击波。编者还为读者提供了相关主题的研究范本，试图引导读者对相关主题结合当下进行深入思考与研究，帮助读者形成相关主题的健全的意识与感悟、思考。

五是原创性。在编辑中尽量做到体例的原创，导读的原创，注释的部分原创。在体例上，根据相关主题的思维结构设计相关章节，试图以此形成相关主题的完整的思维结构和精神样式。每个主题的每一章设计有相关的导读，每篇选文设计有编者与读者的"交流之窗"，以引导读者深入思考。

六是大视野。选材范围力争广阔，力争站在一定的学术高度，所以除了国学主题之外，其他主题所选文章都涉及古今中外。而国学主题的选文则尽量从整个国学史的大视野，提取中华文化的优秀基因，选取国学经典，并从源流上对中华民族的优秀的思维图式、精神图式进行梳理。

本丛书能够顺利出版，非常感谢胡立根工作室的所有成员及编写工作的所有参与者的辛勤劳动。当然更要感谢促成本丛书出版的谢晨先生，感谢海天出版社的领导和编辑的大力支持。尤其要感谢安徒生文学奖得主曹文轩先生欣然担任本丛书的文学顾问并为本丛书作序，曹先生对本丛书的编辑给予了多方面的指导，提出了许多宝贵的具体建议，才能使本丛书有今天的高度。

当然，由于编者视野和水平所限，选文、体例、导读等等，难免有不尽如人意的地方，我们期待读者的宝贵意见。

胡立根

2017年12月于深圳羊台山

前 言 〉

在某种程度上，这个时代不缺少阅读的途径，但缺少独立思考的能力。

这本书，编辑了一些有关家国的文字。

家庭是社会的一个细胞，家庭和睦，是社会和谐健康发展的基础。如何营造良好家庭环境，如何培养融洽的、长幼有序的家庭氛围显得非常重要。本书第一编以家庭为核心问题，筛选了一些文章。

家族观念是中国人文化传统的重要内容。本书在"家族"部分主要选取了曾国藩家族、吴越钱家、梁启超家族、傅雷家庭作为中国家教和家风的典型代表，选取哈佛家训作为国外家庭教育的代表。这是本书第二编的内容。

家乡是一种归属。虽然说社会的发展让我们越来越疏离老一辈人心中守乡守土的传统故乡情结，但是思乡是中国人心中挥之不去的永恒的主题，也是人类精神世界的永恒主题。毕竟人们总是在追怀自己的原生状态，在原生环境中更能获得真正的安全感和归属感。社会在现代化的过程中，总是奇怪地把人和他的原生环境剥离开，在异乡的漂泊之后，人们越来越努力寻找与原生状态的、与故乡的亲近感。双亲也好，一砖一瓦也好，故乡的一座老屋一位老人也好，人总是想要回到自己的原生环境中，这是思乡情结产生的根源，这也可能是大量思乡题材的文学作品诞生的原因。以上是本书第三编的内容。

第四编选取的部分作品给我们展现了比家乡更广大的地域文化特征。阿来《尘埃落定》、霍达《穆斯林的葬礼》、张承志《黑骏马》皆是展现民族文化心理的长篇力作，本书节选了其精彩段落，如果仔细阅读，一定会丰富同学们的精神世界。

本编另一部分则与家国情怀有关。中华民族向来不缺深明大义的家国情怀，不缺保家卫国的豪情壮志。在民族存亡的危急时刻，在国家建设需要奉献的时刻，总有仁人志士赴汤蹈火，总有民族脊梁勇挑重担。飞将军李广高高站起在战场上，却消失在腐儒刀笔吏的唇舌间，同学们可以在其中体会"桃李不言，下自成蹊"的悲怆。苏武、岳飞、辛弃疾、邓稼先都是我们学习的榜样！

地球是人类共同的家园，世界的和平需要每一个爱好和平的人共同努力，虽然语言、肤色、地域、文化、历史不同，但是向善、爱好和平的心愿是一致的。也许从人类诞生以来纷争就没有停止过，但是以史为鉴，放下武器，走向和平是大的趋势。本编最后一部分选文的主题是和平。

本书力求选取古今中外有影响力的文章。从第一编"家庭"开始，文本侧重选择同学们较多关注的作家，希望能够更加切近同学们阅读实际，并有所提高。

在体例方面，"家庭—家族—家乡—家国—家园"这条主线是本书的特色，既想贴近同学们的阅读需求，又想有点创新，希望与其他家国主题读本有所不同。

因为编者阅历、水平所限，本书还有很多不足之处，敬请各位读者批评指正。

编　者

第一编
家 庭

家是什么? 家庭的核心是什么? 如何扮演好在家庭中的角色? 生活中, 有很多幸福是从家里得到的, 比如疲惫的你在放学后吃到香喷喷的饭菜, 成长中的痛苦在家庭中得到的宽慰。同时, 好多的烦恼似乎也是由家人而起。幸福的家庭都是一样的, 不幸的家庭各有各的不幸。那幸福家庭的关键是什么呢? 就像爱是需要学习的, 组建一个家庭, 经营一个家庭也是需要学习的。

这一编主要选择了与家庭成员相处有关的一些文章。鲁迅笔下的父亲, 丛维熙文中忍辱负重、含辛茹苦的母亲, 毕淑敏文中还未出世的孩子的心声, 三毛笔下父母和子女的相处, 都会给我们一些启示。这里展现的有家庭温暖的一面, 有父慈子孝的一面, 也有沧桑、坎坷、非同寻常的一面, 如一生坎坷的萧红眼中悲惨的童年生活。

家庭是一个人性格爱好形成的地方, 它给予一个人的安全感和爱, 是一个人高尚精神形成的基础。童年时期家庭生活的模式, 会深深影响每一个人走向社会之后的处世模式。在家庭中一个孩子的存在方式, 也很大程度上决定了这个孩子在走向社会之后和其他人的相处方式, 并且进一步影响在未来的家庭生活中的角色特征。家庭是土壤, 是培育一个人的习惯、人生态度、人格的地方。

本编除了涉及传统家庭中的父母和家庭教育，更特意选了和同学们生活年代接轨、生活背景吻合的文章，如三毛的文章，以及关于马克·扎克伯格、比尔·盖茨、乔布斯童年成长的文章。这些文章谈到：尊重孩子的兴趣，是需要的，顺其天性，保护其创造力是很重要的。

　　希望同学们对本部分选文产生兴趣，如果因此去翻开原著读一读，那便是本编一个很重要的价值实现。

父亲的病

鲁迅

⊙ 鲁迅 莫丹绘

大约十多年前罢，S城中曾经盛传过一个名医的故事：

他出诊原来是一元四角，特拔十元，深夜加倍，出城又加倍。有一夜，一家城外人家的闺女生急病，来请他了，因为他其时已经阔得不耐烦，便非一百元不去。他们只得都依他。待去时，却只是草草地一看，说道"不要紧的"，开一张方，拿了一百元就走。那病家似乎很有钱，第二天又来请了。他一到门，只见主人笑面承迎，道，"昨晚服了先生的药，好得多了，所以再请你来复诊一回。"仍旧引到房里，老妈子便将病人的手拉出帐外来。他一按，冷冰冰的，也没有脉，于是点点头道，"唔，这病我明白了。"从从容容走到桌前，取了药方纸，提笔写道：

"凭票付英洋壹百元正。"下面是署名，画押。

"先生，这病看来很不轻了，用药怕还得重一点罢。"主人在背后说。

"可以，"他说。于是另开了一张方：

"凭票付英洋贰百元正。"下面仍是署名，画押。

这样，主人就收了药方，很客气地送他出来了。

我曾经和这名医周旋过两整年，因为他隔日一回，来诊我的父亲的病。那时虽然已经很有名，但还不至于阔得这样不耐烦；可是诊金却已经是一元四角。现在的都市上，诊金一次十元并不算奇，可是那时是一元四角已是巨款，很不容易张罗的了；又何况是隔日一次。他大概的确有些特别，据舆论说，用药就与众不同。我不知道药品，所觉得的，就是"药引"的难得，新方一换，就得忙一大场。先买药，再寻药引。"生姜"两片，竹叶十片去尖，他是不用的了。起码是芦根，须到河边去掘；一到经霜三年的甘蔗，便至少也得搜寻两三天。可是说也奇怪，大约后来总没有购求不到的。

据舆论说，神妙就在这地方。先前有一个病人，百药无效；待到遇见了什么叶天士先生，只在旧方上加了一味药引：梧桐叶。只一服，便霍然而愈了。"医者，意也。"其时是秋天，而梧桐先知秋气。其先百药不投，今以秋气动之，以气感气，所以……我虽然并不了然，但也十分佩服，知道凡有灵药，一定是很不容易得到的，求仙的人，甚至于还要拼了性命，跑进深山里去采呢。

这样有两年，渐渐地熟识，几乎是朋友了。父亲的水肿是逐日利害，将要不能起床；我对于经霜三年的甘蔗之流也逐渐失了信仰，采办药引似乎再没有先前一般踊跃了。正在这时候，他有一天来诊，问过病状，便极其诚恳地说：

"我所有的学问，都用尽了。这里还有一位陈莲河先生，本领比我高。我荐他来看一看，我可以写一封信。可是，病是不要紧的，不过经他的手,可以格外好得快……"

这一天似乎大家都有些不欢,仍然由我恭敬地送他上轿。进来时,看见父亲的脸色很异样,和大家谈论,大意是说自己的病大概没有希望的了;他因为看了两年,毫无效验,脸又太熟了,未免有些难为情,所以等到危急时候,便荐一个生手自代,和自己完全脱了干系。但另外有什么法子呢? 本城的名医,除他之外,实在也只有一个陈莲河了。明天就请陈莲河。

陈莲河的诊金也是一元四角。但前回的名医的脸是圆而胖的,他却长而胖了:这一点颇不同。还有用药也不同,前回的名医是一个人还可以办的,这一回却是一个人有些办不妥帖了,因为他一张药方上,总兼有一种特别的丸散和一种奇特的药引。

芦根和经霜三年的甘蔗,他就从来没有用过。最平常的是"蟋蟀一对",旁注小字道:"要原配,即本在一窠中者。"似乎昆虫也要贞节,续弦或再醮,连做药资格也丧失了。但这差使在我并不为难,走进百草园,十对也容易得,将它们用线一缚,活活地掷入沸汤中完事。然而还有"平地木十株"呢,这可谁也不知道是什么东西了,问药店,问乡下人,问卖草药的,问老年人,问读书人,问木匠,都只是摇摇头。临末才记起了那远房的叔祖,爱种一点花木的老人,跑去一问,他果然知道,是生在山中树下的一种小树,能结红子如小珊瑚珠的,普通都称为"老弗大"。

"踏破铁鞋无觅处,得来全不费工夫。"药引寻到了,然而还有

第一编

家庭

一种特别的丸药：败鼓皮丸。这"败鼓皮丸"就是用打破的旧鼓皮做成；水肿一名鼓胀，一用打破的鼓皮自然就可以克伏他。清朝的刚毅因为憎恨"洋鬼子"，预备打他们，练了些兵称作"虎神营"，取虎能食羊，神能伏鬼的意思，也就是这道理。可惜这一种神药，全城中只有一家出售的，离我家就有五里，但这却不像平地木那样，必须暗中摸索了，陈莲河先生开方之后，就恳切详细地给我们说明。

"我有一种丹，"有一回陈莲河先生说，"点在舌上，我想一定可以见效。因为舌乃心之灵苗……。价钱也并不贵，只要两块钱一盒……。"

我父亲沉思了一会，摇摇头。

"我这样用药还会不大见效，"有一回陈莲河先生又说，"我想，可以请人看一看，可有什么冤愆……。医能医病，不能医命，对不对？自然，这也许是前世的事……。"

我的父亲沉思了一会，摇摇头。

凡国手，都能够起死回生的，我们走过医生的门前，常可以看见这样的匾额。现在是让步一点了，连医生自己也说道："西医长于外科，中医长于内科。"但是Ｓ城那时不但没有西医，并且谁也还没有想到天下有所谓西医，因此无论什么，都只能由轩辕岐伯的嫡派门徒包办。轩辕时候是巫医不分的，所以直到现在，他的门徒就还见鬼，而且觉得"舌乃心之灵苗"。这就是中国人的"命"，连名医也无从医治的。

不肯用灵丹点在舌头上，又想不出"冤愆"来，自然，单吃了一百多天的"败鼓皮丸"有什么用呢? 依然打不破水肿，父亲终于躺在床上喘气了。还请一回陈莲河先生，这回是特拔，大洋十元。他仍旧泰然的开了一张方，但已停止败鼓皮丸不用，药引也不很神妙了，所以只消半天，药就煎好，灌下去，却从口角上回了出来。

从此我便不再和陈莲河先生周旋，只在街上有时看见他坐在三名轿夫的快轿里飞一般抬过；听说他现在还康健，一面行医，一面还做中医什么学报，正在和只长于外科的西医奋斗哩。

中西的思想确乎有一点不同。听说中国的孝子们，一到将要"罪孽深重祸延父母"的时候，就买几斤人参，煎汤灌下去，希望父母多喘几天气，即使半天也好。我的一位教医学的先生却教给我医生的职务道: 可医的应该给他医治，不可医的应该给他死得没有痛苦。——但这先生自然是西医。

父亲的喘气颇长久，连我也听得很吃力，然而谁也不能帮助他。我有时竟至于电光一闪似的想道:"还是快一点喘完了罢……"立刻觉得这思想就不该，就是犯了罪；但同时又觉得这思想实在是正当的，我很爱我的父亲。便是现在，也还是这样想。

早晨，住在一门里的衍太太进来了。她是一个精通礼节的妇人，说我们不应该空等着。于是给他换衣服；又将纸锭和一种什么《高王经》烧成灰，用纸包了给他捏在拳头里……

"叫呀，你父亲要断气了。快叫呀!"衍太太说。

"父亲！父亲！"我就叫起来。

"大声！他听不见。还不快叫？！"

"父亲！！！父亲！！！"

他已经平静下去的脸，忽然紧张了，将眼微微一睁，仿佛有一些苦痛。

"叫呀！快叫呀！"她催促说。

"父亲！！！"

"什么呢？……不要嚷。……不……"他低低地说，又较急地喘着气，好一会，这才复了原状，平静下去了。

"父亲！！！"我还叫他，一直到他咽了气。

我现在还听到那时的自己的这声音，每听到时，就觉得这却是我对于父亲的最大的错处。

【交流之窗】

一个少不更事、懵懵懂懂的少年，在父亲的病故面前显得那样的手足无措，事后追悔莫及。这篇文章，写出了在父亲病故前后鲁迅内心的真实感受。一边是不懂事的孩子，一边是被庸医耽误而离世的父亲，一个至亲的人就这样在无奈而慌乱中永远地离开了，这种经历让我们更加清晰地看到那个时代给鲁迅先生内心留下的冰冷的感受，让我们感受到面对生死时一个孩子的无奈。

呼兰河传（节选）

萧红

⊙ 萧红　莫凡绘

呼兰河这小城里边住着我的祖父。

我生的时候，祖父已经六十多岁了，我长到四五岁，祖父就快七十了。

我家有一个大花园，这花园里蜂子、蝴蝶、蜻蜓、蚂蚱，样样都有。蝴蝶有白蝴蝶、黄蝴蝶。这种蝴蝶极小，不太好看。好看的是大红蝴蝶，满身带着金粉。

蜻蜓是金的，蚂蚱是绿的，蜂子则嗡嗡地飞着，满身绒毛，落到一朵花上，胖圆圆的就和一个小毛球似的不动了。

花园里边明晃晃的，红的红，绿的绿，新鲜漂亮。

据说这花园，从前是一个果园。祖母喜欢吃果子就种了果园。祖母又喜欢养羊，羊就把果树给啃了。果树于是都死了。到我有记忆的时候，园子里就只有一棵樱桃树，一棵李子树，因为樱桃和李子都不大结果子，所以觉得他们是并不存在的。小的时候，只觉得园子里边就有一棵大榆树。

这榆树在园子的西北角上，来了风，这榆树先啸，来了雨，大榆树先就冒烟了。太阳一出来，大榆树的叶子就发光了，它们闪烁得和沙滩上的蚌壳一样了。

祖父一天都在后园里边，我也跟着祖父在后园里边。祖父戴一个大草帽，我戴一个小草帽；祖父栽花，我就栽花；祖父拔草，我就拔草。当祖父下种，种小白菜的时候，我就跟在后边，把那下了种的土窝，用脚一个一个地溜平。哪里会溜得准，东一脚地，西一脚地瞎闹。有的菜种没被土盖上，反而给踢飞了。

小白菜长得非常之快，没有几天就冒了芽了，一转眼就可以拔下来吃了。

祖父铲地，我也铲地；因为我太小，拿不动那锄头杆，祖父就把锄头杆拔下来，让我单拿着那个锄头的"头"来铲。其实哪里是铲，也不过趴在地上，用锄头乱勾一阵就是了。也认不得哪个是苗，哪个是草，往往把韭菜当作野草一起割掉，把狗尾草当作谷穗留着。

等祖父发现我铲的那块满留着狗尾草的一片，他就问我："这是什么？"

我说："谷子。"

祖父大笑起来，笑得够了，把草摘下来问我："你每天吃的就是这个吗？"

我说："是的。"

我看着祖父还在笑，我就说："你不信，我到屋里拿来你看。"

我跑到屋里拿了鸟笼上的一头谷穗，远远地就抛给祖父了。说："这不是一样的吗？"

祖父慢慢地把我叫过去，讲给我听，说谷子是有芒针的，狗尾草则没有，只是毛嘟嘟的真像狗尾巴。

祖父虽然教我，我看了也并不细看，也不过马马虎虎承认下来就是了。一抬头看见了一个黄瓜长大了，跑过去摘下来，我又去吃黄瓜去了。

黄瓜也许没有吃完，又看见了一个大蜻蜓从旁飞过，于是丢了黄瓜又去追蜻蜓了。蜻蜓飞得多么快，哪里会追得上。好在一开初也没有存心一定追上，所以站起来，跟了蜻蜓跑了几步就又去做别的去了。

采一个倭瓜花心，捉一个大绿豆青蚂蚱，把蚂蚱腿用线绑上，绑了一会，也许把蚂蚱腿就绑掉，线头上只拴了一只腿，而不见蚂蚱了。

玩腻了，又跑到祖父那里去乱闹一阵。祖父浇菜，我也抢过来浇，奇怪的就是并不往菜上浇，而是拿着水瓢，拼尽了力气，把水往天空里一扬，大喊着："下雨了! 下雨了!"

太阳在园子里是特大的，天空是特别高的，太阳的光芒四射，亮得使人睁不开眼睛，亮得蚯蚓不敢钻出地面来，蝙蝠不敢从什么黑暗的地方飞出来。是凡在太阳下的，都是健康的、漂亮的，拍一拍连大树都会发响的，叫一叫就是站在对面的土墙都会回答似的。

花开了，就像花睡醒了似的。鸟飞了，就像鸟上天了似的。虫子叫了，就像虫子在说话似的。一切都活了，都有无限的本领。要做什么，就做什么。要怎么样，就怎么样。都是自由的。倭瓜愿意爬上架就爬上架，愿意爬上房就爬上房。黄瓜愿意开一个谎花，就开一个谎花，愿意结一个黄瓜，就结一个黄瓜。若都不愿意，就是一个黄瓜也不结，一朵花也不开，也没有人问它。玉米愿意长多高就长多高，他若愿意长上天去，也没有人管。蝴蝶随意的飞，一会从墙头上飞来一对黄蝴蝶，一会又从墙头上飞走了一个白蝴蝶。它们是从谁家来的，又飞到谁家去，太阳也不知道这个。

只是天空蓝悠悠的，又高又远。

可是白云一来了的时候，那大团的白云，好像撒了花的白银似的，从祖父的头上经过，好像要压到了祖父的草帽那么低。

我玩累了，就在房子底下找个阴凉的地方睡着了。不用枕头，不用席子，把草帽遮在脸上就睡了。

【交流之窗】

用命途多舛、经历坎坷来形容萧红的一生一点都不为过。萧红的一生遭受无数白眼，她在临死时依然在感慨世事艰难。她的一生从童年就埋下了不幸的种子，落后愚昧的呼兰河，给萧红留下唯一的温暖和美好就是她和祖父的相处。这段文章节选自《呼兰河传》中萧红与祖父的生活片段，那个永远回不去的呼兰河，只有祖父是给予了她温暖的人。这种不知不觉的爱，犹如黑夜中微弱的光，陪伴萧红长大。

母亲的鼾歌

丛维熙

母亲的鼾歌，对我这个年过五十的儿子来说，仍然是一支催眠曲。

在我的记忆里，她的鼾声是一支生活的晴雨表。那个年月，我从晋阳劳改队回来，和母亲、儿子躺在那张吱呀吱呀作响的旧床板上，她没有打过鼾。她睡得很轻，面对着我侧身躺着，仿佛一夜连身也不翻一下；唯恐把床弄出声响，惊醒我这个远方游子的睡梦。夜间，我偶然醒来，常常看见母亲在睁着眼睛望着我，她可能是凝视我眼角上又加深了的鱼尾纹吧！

"妈妈，您怎么还没睡？"

"我都睡了一觉了。"她总是千篇一律地回答。

我把身子翻过去，把脊背甩给了她。当我再次醒来，像向日葵寻找阳光那样，在月光下扭头打量母亲多皱的脸庞时，她还在睁着酸涩的眼睛。

"妈妈，您……"

"我刚刚睡醒。"她不承认她没有睡觉。

我心里清楚，在我背向她的时候，母亲那双枯干无神的眼睛，或许在凝视儿子黑发中间钻出来的白发，一根、两根……

我真无法计数，一个历经苦难的普通中国女性，她体躯内究竟蕴藏着多少力量。年轻时，爸爸被国民党追捕，肺病复发而悲愤地离去。她带着年仅四岁的我，开始了女人最不幸的生活。我没有看见过她的眼泪，却听到过她在我的耳畔唱的摇篮曲：

狼来了，

虎来了

马猴背着鼓来了！

风摇晃着冀东平原上的小屋，树梢像童话中的怪老人，发出尖厉而又显得十分悠远的声响。我在这古老的童谣中闭合了眼帘，到童年的梦境中去遨游：

骑竹马。

摘野花。

放鞭炮。

过家家……

她呢！我的妈妈！也许只有我在梦中憩睡的时刻，她才守着火炭早已熄灭的冷火盆独自神伤吧？！

我不曾忘记，在那滴水成冰的严冬，母亲怕我钻冷被窝，总是把我的被褥先搬到炕头上；她怕被窝儿热度不够，久久地坐在我铺好的棉被上，直到焐热了被窝为止。我年幼，不理解母亲那颗痴心，死活不睡热炕头；她只好把被窝又搬回到炕的那一边去，催我趁热躺下。炎阳似火的夏季，母亲怕我和小伙伴们到河里去玩水时淹死，不断吓唬过我：河里可有水鬼，专拉住小孩的腿不放。除此之外，她还发明了检查我是否下河去游泳了的土办法。她用指甲在我赤裸着的脊梁上滑一下，如果在我鳌黑的皮肉上划出明显的白道道，就要抓起扫炕用的扫帚疙瘩——但是那扫帚疙瘩从没落到过我的身上。

　　我不是一个听话的孩子，下河洗澡，摔跤"打仗"……干的都是一件件让母亲忧心的事情：和小伙伴们在墙头上追逐，掉下来摔死了过去；和小伙伴们玩"攻城"游戏，石头砸伤了我的左眉骨，再往下移上一寸，我就变成了独眼少年。为了给"野马"拴上笼头，更为了让我上学求知，当我十几岁时，一辆带布篷的马车，连夜把我送到了唐山——我生平第一次坐上了火车，从唐山来到了北平。母亲像影子一样跟随我来了，为了交付学费，她卖掉了婚嫁时的首饰，在内务部街，二中斜对过的一家富户当洗衣做饭的保姆。当我穿着戴有二中领章的干净制服，坐在课堂上学习的时候，同学们不知道我的母亲，此时此刻正汗流浃背地为太太小姐们洗脏衣裳呢！母亲也想象不到，她靠汗水供养的儿子，并不是个好学生——他辜负了母亲的含辛茹苦，因为在代数课上常常偷看小说，考试分得过"鸡蛋"；在学校布告栏上，寥寥几个因一门理科考试不及格而留级的学生中，他就是其中的一个。

我不是为苦命的妈妈解忧，而是增加她额头上的皱纹。回首少年时光，这是儿子对母亲最严酷的打击！

她没有为此垂泪，也没有过多地谴责我，只是感叹父亲去世太早。她把明明是儿子的过失，又背在自己肩上："怨我没有文化，大字识不了几升；你爸爸当年考北洋工学院考了个第一，如果他还活在人间的话，你……"啊，妈妈！当我今天回忆起这些话时，我的眼圈立刻潮湿了——我给你苦涩的心田里，又增加了多少辛酸啊！

可是母亲一如既往，洗衣、做饭、刷碟、扫地……两只幼小就缠足了的脚，支撑着苦难的重压，在命运的回肠小路上，默默地走着她无尽的长途。星期六的晚上，我照例离开二中宿舍，和她在一起度过周末，母子俩挤在厨房间的一个小床上安息。记得那时，她从不打鼾，我还在幽暗的灯光下看小说，她就睡着了。母亲呼吸匀称，面孔恬淡安详，似乎她不知道人生的酸甜苦辣，也没意识到她心灵上的沉重负荷……

母亲！这就是母亲的一幅肖像。她心里有的只是自我牺牲，而没有任何索取。北京解放那年，那家阔佬带着家眷去了台湾。母亲和我从北京来到通县（当时我叔叔在通县教书），怎奈婶婶不能容纳我母亲立足，在一个飘着零星小雪的冬晨，她独自返回冀东故里去了。

十六岁的我，送母亲到十字街头。在这离别的一瞬间，我第一次感到母亲的可贵，第一次意识到她的重量。我惜别地拉着她的衣袖说：

"妈妈! 您……"

"甭为我耽心。"她用手抚去飘落在我头上的雪花,"你要好好用功,像你爸爸那样。"

"嗯。"我低垂下头来。

"快回去吧! 你们该上第一堂课了!"

"不,我再送您一程!"我仰起头来。

她用手掌抹去我眼窝上的泪痕,又系上我的棉袄领扣,叮咛我说:"逢年过节,回村里去看看妈就行了。妈生平相信一句话:没有蹚不过去的河。你放心吧!"

我固执地要送她到公共汽车站。

她执意地要我马上回到学校课堂。

我服从了。但我三步一回头,两步一张望,直到母亲的身影,湮没在茫茫的雾幕之中,我才突然像失掉了什么最珍贵的东西一样,返身向公共汽车站疯了似的追去。

车,开了。轮子下扬起一道雪尘。

从这天起,我好像一下子变得成熟了,像幼雏脱掉了待食的嫩黄嘴圈,像小鸟长出丰满的羽毛——我提前迈进了青年人的门槛。当时,我经常做着一个十分类似的梦,不是我背着母亲过河,就是梦见我背着她爬山过岭;更奇怪的是,我有时还梦见我变成了姥姥家那匹白骒子,驮着母亲在乡间的古道上往前走。一句话——我内心萌生了对母亲的强烈内疚。

新中国的春阳给予了我温暖。我逐渐理解到母亲所承受的痛苦，不是她一个人的痛苦，而是旧社会年轻丧夫的妇女命运的一个缩影。儿时，我听我姨姨们告诉我，我母亲在姐妹中排行第三，是姐妹中最漂亮的；脾气么，外柔内刚。我这时似乎充分认识了母亲的韧性；她为了抚养我，舍弃了她所有的一切。我发奋地读书，我如饥似渴地学习知识——当我在一九五〇年秋天，背着行囊离开古老的通州城，到北京师范学校去报到后马上给她寄了一封信。第一个寒假，我就迫不及待地回故乡探望母亲。

踏过儿时嬉闹的村南小河的渡石，穿过儿时摇头晃脑背诵过"人、手、口、刀、牛、羊"的大庙改成的学堂，在石墙围起的一个院落东厢房里，我看见了阔别了两年多的母亲，和儿时差点把我变成"独眼少年"的小伙伴们。

在母亲那间屋子，人声喧沸：

"哎呀！丫头（我的乳名）回来了！"

"变成'洋'学生啦！"

"在北京见到过毛主席吗？"

"多在老家住几天吧！你妈想你想坏了！"

母亲只是微微笑着，仿佛我回访故土给她带来了什么荣誉似的。我仔细凝视着我的母亲，她比前两年显得更健壮些。故乡的风，故乡的水，抚去她眼角上的细碎皱纹，洗净了她寄人篱下为炊时脸上的烟灰。尽管她也曾是地主家庭中的一员，乡亲们深知她丧夫后在家庭中的地位，更感叹她的命运坎坷，因而给她定了个中农成分。乡亲们又看她孑然一身，生活充满了艰辛，要她加入了变工的互助组。母亲做一手好针线活，在互助组内她为组员拆拆补补，乡亲为她种那四亩山坡地。

更深，油灯亮着豆粒大的火苗，我和母亲躺在滚烫的热炕上，说着母子连心的话儿：

"妈妈，我让您受苦了。"这句早该说的话，说得太晚了。

"没有又留级吧？"显然，我留了一级的事情，给她心灵上留下伤疤。

"不但没有留级，我还在报纸上开始发表文章了呢！"我从草黄色的破旧背包里，拿出来刊登我处女作的《新民报》和《光明日报》，递给了她。

至今我都记得母亲当时的激动神色。她把油灯挑得亮了一些，从炕上半翘起身子，神往地凝视着那密密麻麻的铅字。

"妈妈，您把报纸拿倒了。"

她笑了。

在我的记忆中，这是我第一次看见她欣慰的微笑。这笑容不是保姆应酬主人的微笑，也不是为了使儿子高兴强作出来的微笑，而是从她心底漾起的笑波，浮上了母亲的嘴角眉梢。

她是带着微笑睡去的。不知为什么，我心里却充满了酸楚之感——我第一次把童贞的泪水，献给了我苦命的妈妈。特别是在静夜里，我听见她轻轻的鼾声，我无声地哭了。可是当我第二天早晨，问妈妈为什么打鼾时，她回答我说："我打鼾不是由于劳累，而是因为心安了！"

从师范学校毕业之后，我被调到《北京日报》当了记者、编辑。第一件事，就是把母亲从故乡接进北京。果真像她说得那样，由于心神安定，她几乎夜夜都发出微微的鼾声。久而久之，我也养成了一种心理上的条件反射，似乎只有听到母亲的鼾声，我才能睡得更踏实，连梦境仿佛也随着她的鼾歌而变得更为绚丽。

只可惜好景不长。一九五七年后我再难以听到她的鼾声了。我和我爱人踏上了风雪凄迷的漫漫驿路，家里只剩下她和我那个刚刚落生的儿子。她的苦难重新开始，像孑然一身抚养我那时一样，抚养她的孙子。"文革"期间，我偶然得以从劳改队回来探亲，母亲再也不打鼾了，她像哺乳幼雏的一只老鸟，警觉地环顾着四周；即使是夜里，她也好像彻夜地睁着眼睛。

挂上牌子去串巷扫街。

拐着两只缠足小脚去挖防空洞。

她苍老了。白发披头，衣衫褴褛。但她用心血抚养的第二代——却是衣衫整洁品学兼优的挺拔少年。

"妈妈。"在夜深人静时，我安慰她说，"我怕您……怕您……支撑不住，突然……"

"没有蹚不过去的河。"她还是这样回答。

"您把我拉扯大了，又拉扯孙子……"

"只要你在井下（当时我在山西一个劳改矿山挖煤）能平平安安，家里的事你就不用操心了。"

母亲确实坚强得出奇。有时我要替她去扫街，她总是从我手里抢过扫帚，亲自去干扫街的活儿。她的腰弓得很低很低，侧面看去就像一个大大的问号。那样子像是在叩问大地，这个岁月哪一天才能结束？！这污迹斑斑曲折的路，哪儿才是它的尽头？！

一九七九年元月六日，我终于回到了北京。如同鬼使神差一般，她从那天起又开始打鼾了。我住在上铺上，静听着母亲在下铺打的鼾歌，内心翻江倒海，继而为之泪落。后来，我们从十平方米的小屋搬到了团结湖，我常常和母亲同室而眠，静听她像摇篮曲一样的鼾歌。

说起来，也真令人费解，我怕听别人的鼾声，却非常爱听母亲的鼾歌。一九八二年我去石家庄开会，同室的刘绍棠鼾声大作，半夜我逃到流沙河的房子里去逃避鼾声；哪知流沙河打鼾的本事也很高明，我只好逃到另一间屋里去睡觉。我一夜三迁，彻夜未能成眠。

只有母亲的鼾声，对我是安眠剂。尽管她的鼾声，和别人没有任何差别，但我听起来却别有韵味；她的鼾声既是儿歌，也是一首迎接黎明的晨曲。她似乎在用饱经沧桑人的鼾歌，赞美着这个来之不易的太平盛世……

五十一岁生日时挥笔

【交流之窗】

"没有蹚不过去的河。"一个人只有面对生活绝境和苦难的时候才会这样宽慰自己，消解痛苦，可是"母亲"却多次说到这句话，可见在这坎坷人生中，"母亲"经历了多少的磨难，面对了多少"蹚不过去的河"。母亲的伟大正在于面对苦难时乐观倔强的姿态，为了儿女勇敢无畏的意志！风平浪静的生活中，你可以体会到这种伟大吗？

秋天的怀念

史铁生

　　双腿瘫痪后，我的脾气变得暴怒无常。望着望着天上北归的雁阵，我会突然把面前的玻璃砸碎；听着听着李谷一甜美的歌声，我会猛地把手边的东西摔向四周的墙壁。母亲就悄悄地躲出去，在我看不见的地方偷偷地听着我的动静。当一切恢复沉寂，她又悄悄地进来，眼边红红的，看着我，"听说北海的花儿都开了，我推着你去走走。"她总是这么说。母亲喜欢花，可自从我的腿瘫痪后，她侍弄的那些花都死了。"不，我不去！"我狠命地捶打这两条可恨的腿，喊着："我可活什么劲！"母亲扑过来抓住我的手，忍住哭声说："咱娘儿俩在一起儿，好好儿活，好好儿活……"

　　可我却一直都不知道，她的病已经到了那步田地。后来妹妹告诉我，她常常肝疼得整宿整宿翻来覆去地睡不了觉。

　　那天我又独自坐在屋里，看着窗外的树叶"唰唰啦啦"地飘落。母亲进来了，挡在窗前："北海的菊花开了，我推着你去看看吧。"她憔悴的脸上现出央求般的神色。"什么时候？""你要是愿意，就明天？"她说，我的回答已经让她喜出望外了。"好吧，就明天。"我说。她高兴得一会坐下，一会站起："那就赶紧准备准备。""哎呀，烦不

025

烦？几步路，有什么好准备的！"她也笑了，坐在我身边，絮絮叨叨地说着："看完菊花，咱们就去'仿膳'，你小时候最爱吃那儿的豌豆黄儿。还记得那回我带你去北海吗？你偏说那杨树花是毛毛虫，跑着，一脚踩扁一个……"她忽然不说了。对于"跑"和"踩"一类的字眼儿，她比我还敏感，她又悄悄地出去了。

她出去了，就再也没回来。

邻居们把她抬上车时，她还在大口大口地吐着鲜血。我没想到她已经病成那样。看着三轮车远去，也绝没有想到那竟是永远的诀别。

邻居的小伙子背着我去看她的时候，她正艰难地呼吸着，像她那一生艰难的生活。别人告诉我，她昏迷前的最后一句话是："我那个有病的儿子和我那个还未成年的女儿……"

又是秋天，妹妹推我去北海看了菊花。黄色的花淡雅，白色的花高洁，紫红色的花热烈而深沉，泼泼洒洒，秋风中正开得烂漫。我懂得母亲没有说完的话，妹妹也懂。我俩在一块儿，要好好儿活……

【交流之窗】

史铁生的多部作品都写了一个共同的主题：生命的敌意。正在青春期、叛逆期的你们，也许也正在体会着这种"生命的敌意"。这种对家人毫无理由的逆反，来自生命本身，而只有走过这个阶段，甚而至于生命消逝的一刻，才会幡然悔悟。叛逆的意味、青春的含义，似乎就是毫无理由的反对。针对家人的那种伤害，不由自主，这可能就是称为不成熟的一些性格，似乎是越是不顺利的青春越是逆反，或者是越是逆反便越是不顺利。但是，要改变，只能是等待自然成长的力量。当一切归于平静，已是物是人非，难以合欢的时候了，因此也就有了"子欲养而亲不待"的说法。多么希望借助这些作品，同学们懂得更早一点，爱父母，放下这份敌意，不要在对抗中消磨生命。

婴孩有不出生的权利

毕淑敏

⊙ 毕淑敏　武更年绘

假如我是一个婴孩，我有不出生的权利。世界，你可曾听到我在羊水中的呐喊？

如果我的父母还未成年，我不出生。你们自己还只是一个孩子，稚嫩的双肩怎可能负载另一个生命的重量？你们不可为了自己幼稚而冲动的短暂欢愉，而将我不负责任地坠入尚未做好准备的人间。

如果我的父母只是萍水相逢，并非期待结成一个牢固的联盟，我不出生。你们的事，请你们自己协商解决，纵使万般无奈，苦果也要自己嚼咽。任何以为我的出生会让矛盾化解关系重铸的幻想，都会让局面更加紊乱。请不要把我当成一个肉质的筹码，要挟另一方走入婚姻。

如果我的父母是为了权力和金钱走到一起，请不要让我出生。当权力像海水一样退去，你们可以驾船远去，只有我孤零零地留在狰狞的礁石上飘零。对于这样的命运，我未出世已噤若寒蝉。当金钱因为种种原因不再闪光，你们可以回归贫困，但我需要最基本的生活条件。如果你们无法以自己的双手来保障我的生长，请不要让我出生。

假如我的父母结合没有法律的保障，我不出生。我并不是特别地看重那张纸，但连一张纸都不肯交给我的父母，你们叫我如何信任？也许你们有无数的理由，也许你们觉得这是时髦和流行，但我因为幼小和无助，只固执地遵循一个古老的信条——如果你们爱我，请给我一个完整而巩固的家。我希望我的父母有责任感和爱心，我希望有温暖的屋檐和干爽的床。我希望能看到家人如花的笑颜，我希望能触到父母丝绸般的嘴唇和柔软的手指。

我的母亲，我严正地向你宣告——我有权得到肥沃的子宫和充沛的乳汁。如果你因为自己的大意甚至放纵，已经在我出生之前，把原本属于我的土地，让器械和病毒的野火烧过，将农田荼毒到贫瘠和荒凉，我拒绝在此地生根发芽。如果我不得不吸吮从硅胶缝隙中流淌出的乳汁，我很可能要三思而后行。

我的父亲，我严正地向你宣告——如果你有种种基因和遗传的病变，请约束自己，不要存有任何侥幸和昏庸。你不应有后裔，就请自重和自爱。人类是一个恢宏整体，并非狭隘的传宗接代。如果你让我满身疾病地降临人间，那是你的愚蠢，更是我的悲凉。并非所有的出生都是幸福，也并非所有的隐藏都是怯懦。

我的祖父祖母外祖父外祖母，我要亲切地向你们表白。我知道你们的希冀，我也知道血浓于水的传说。我不能因为你们昏花的老眼，就模糊自己人生的目标。我应该比你们更强，这需要更多的和谐更多的努力。不要把你们的种种未竟的幻想，五花八门地涂抹到我的出生计划书上。如果你们给予我太多不切实际的重压和溺爱，我情愿逃开你们这样的家庭。

我的父母，如果你们已经对自己的婚姻不抱期望，请不要让我出生。不要把我当成黏合的胶水，修补你们旷日持久的裂痕。我不是白雪，无法覆盖你们情感的尸身。你们无权讳疾忌医，推诿自己的病况，而把康复的希望强加在一个无言的婴孩身上。那是你们的无能，更是你们的无良。

我的父母，我并非不通情达理。你们也可能有失算和意外，我不要求永恒和十全十美。我不会嫌弃贫穷，只是不能容忍卑贱。我不会要求奢华，但需要最基本的生存条件。我渴望温暖，如果你们还在寒冷之中，就缓些让我受冻。我羡慕团圆，如果你们不曾走出分裂，就不要让我加入煎熬的大军。

我的父母，请记住我的忠告：我的出生不是我的选择，而是你们的选择。当你们在代替另外一条性命做出如此庄严神圣不可逆反的决定的时候，你们可有足够的远见卓识？你们可有足够的勇气和坚忍？你们可有足够的智慧和真诚？你们可有足够的力量和襟怀？你们可有足够的博爱和慈悲？你们可有足够的尊崇和敬畏？

如果你们有啊，我愿意走出混沌，九炼成丹，降为你们的儿女。如果你们未曾有，我愿意静静地等待，一如花蕊在等待开放。如果你们根本就无视我的呼声，以你们的强权胁迫我出生，那你们将受到天惩。那惩罚不是来自我——一个嗷嗷待哺的赤子，而是源自你们千疮百孔的身心。

【交流之窗】

一个生命的诞生从来不需要这个生命本身的同意，这句话听起来很突兀：我们总是感谢父母给了我们生命，怎么还会问是否经过了我们的同意呢？但是在成长的过程中，如若顺利，也许不会问起，但凡遇到一些坎坷甚至痛苦的时候，遇到一些困惑的时候，生命本身可能会有这样的反问。本文所探究的问题，正是作为孩子，作为生命本身的一种疑问。

爱和信任

三毛

每次回国，下机场时心中往往已经如临大敌，知道要面临的是一场体力与心力极大的考验与忍耐。

其实，外在的压力事实上并不太会干扰到内心真正的那份自在和空白，是可以二分的。

最怕的人，是母亲。

在我爱的人面前，"应付"这个字，便使不出来。爱使一切变得好比"最初的人"，是不可能在这个字的定义下去讲理论和手段的。

多年前，当我第一次回国，单独上街去的时候，母亲追了出来，一再地叮咛着："绿灯才可以过街，红灯要停步，不要忘了，这很危险的呀！"

当时，我真被她烦死了，跑着逃掉，口里还在悄悄地顶嘴，怪她不肯信任我。可是当我真的停在一盏红灯的街道对面时，眼泪却夺眶而出。"妈妈，我不是不会，我爱你，你看，我不是停步了。"

最近，又回国了，母亲要我签名送书给亲戚们，我顺从地开始写，她又在旁边讲："余玉云姐姐的'玉'字，是贾宝玉的'玉'，你要称她姐姐，因为我们太爱这位正直、敬业的朋友。不要写错了。《红楼梦》

中宝玉、黛玉的'玉'，斜王边字加一个点，不要错了——"那时，我忍下了，因为她永远不相信我会写这个"玉"字，我心里十分不耐，可是不再顶嘴。

我回国是住在父母家中的。吃鱼，母亲怕我被刺卡住；穿衣，她在一旁指点。万一心情好，多吃了一些，她强迫我在接电话的那挤忙不堪的时候内，要我同时答话，同时扳开口腔，将呛死人的胃药粉、人参粉和维生素，加上一杯开水，在不可能的情况下灌溉下去。结果人呛得半死，她心安理得地走开。电话的对方，以为我得了气喘。

回想起来，每一度的决心再离开父母，是因为对父母爱的忍耐，已到了极限。而我不反抗，在这份爱的泛滥之下，母亲化解了我已独自担当的对生计和环境全然的责任和坚强——她不相信我对人生的体验。在某些方面，其实做孩子的已是比她的心境更老而更苍凉。无论如何说，固执的母爱，已使我放弃了挑战生活的信心和考验，在爱的伟大前提之下，母亲胜了，也因对她的爱无可割舍，令人丧失了一个自由心灵的信心和坚持。

我想了又想，这出家庭的悲喜剧，只有开诚布公地与父母公开谈论，请他们信任我，在人生的旅途上，不要太过于以他们的方式来保护我。这件事，双方说得坦诚，也同意万一我回国定居，可能搬出去住，保持距离，各自按照正确的方向，彼此做适度的退让和调整。这一点，父母一口答应了。而我，为了保护自己的生活方式，做了一个在别的家庭中，可能引起极大的伤心，甚而加上不幸罪名的叛逆者，幸而父母开明，彼此总算了解。

讲通了，乐意回国定居，可是母亲突然又说："那么你搬出去我隔几天一定要送菜去给你吃，不吃我不安心。"

又说："莫名其妙的男朋友，不许透露地址，他们纠缠你，我们如何来救，你会应付吗？"

十七年离家，自爱自重，也懂得保护自己，分别善恶和虚伪，可是，在父母的眼中，我永远是一个天真的小孩子，他们绝对不相信我有足够的能力应付人世的复杂。虽然品格和教养是已慢慢在建立，可是他们只怕我上当。

父亲其实才是小孩子，他的金钱，借出去了，大半有去无还，还不敢开口向人讨回，这使他的律师公费，常常是年节时送来一些水果，便解决了他日夜伏案的辛劳。

有一次，一场费力的诉讼结果，对方送了一个大西瓜来，公费便不提了，当事人走时，父亲居然道谢又道谢，然后开西瓜叫我们吃。我当时便骂他太没有勇气去讨公费，他居然一笑置之，说这是意外的收入，如果当事人一毛不拔，过河拆桥，翻脸不认，又将他如何。

这种行径，我不去向他反复噜苏，因为没有权利，因为我信任他，不会让我们冻饿。可是，当我舍不得买下一件千元以上的衣服时，他又反过来拼命讲道理我听，说我太节省，衣着太陈旧，有失运用金钱的能力，太刻苦，所谓刻薄自己也。

其实，名、利、衣、食和行，在我都不看重。只有在住的环境上，稍稍奢侈。渴望一片蓝天，一个可以种花草的阳台，没有电话的设备，新鲜的空气，便是安宁的余生，可是，这样的条件，在台湾，又岂容易？

父母期望的是——"喂猪"。当我看见父母家的窗外一片灰色的公寓时，我的心，常常因为视线的无法辽阔和舒畅，而觉自由心灵的丧失和无奈——毕竟，不是大隐。吃不吃，都不能解决问题，可是母亲不理这些，绝对不理。

母亲看我吃，她便快乐无比。我便笑称，吃到成了千斤的大肥猪而死时，她必定在咽气之前，还要灌一碗参汤下去，好使她的爱，因为那碗汤，使我黄泉之路走得更有体力。

爱和信任，爱与尊重，爱过多时，便是负担和干扰。这种话，对父母说了千万次，因为他们的固执，失败的总是我——因为不忍。毕竟，这一切，都是出于彼此刻骨的爱。

每当我一回国，家中必叫说"革命分子"又来了。平静的生活，因我的不肯将眼睛也吃到堵住，必然有一番伤到母亲心灵深处的悲哀。可是，我不能将自己离家十七年的生活习惯，在孝道的前提之下，丧失了自我，改变成一个只是顺命吃饭的人，而完全放弃了自我建立的生活形态。

在父母的面前，再年长的儿女，都是小孩子，可是中国的孩子，在伦理的包袱下，往往担得太认真和顺服，没有改革家庭的勇气和明智。这样，在孝道上，其实也是"愚孝"。我们忘了，父母在我们小时候教导我们，等我们长大了，也有教育父母的责任，当然，在方式和语气上，一定本着爱的回报和坚持，双方做一个适度的调整。不然，这个社会，如何有进步和新的气象呢。

一个国家社会的基本，还是来源于家庭的基本结构和建立，如果年轻的一代只是"顺"而不"孝"，默默地忍受了上一代的生活方式和观念，一旦我们做了父母的时候，又用同样的生活习惯和思想，自自然然地叫自己的孩子再走上祖父母的那种生活方式，这在理性上来说，便是"不孝"了。

父母的经历和爱心，是不可否认的事实。在好的一方面，我们接受、学习、回报，在不合时代的另一方面，一定不可强求，闹出家庭悲剧。慢慢感化、沟通，如果这一些都试尽了，而没有成果，那么只有忍耐爱的负担和枷锁，享受天伦之乐中一些累人的无奈和欣慰。但是，不能忘了，我们也是"个体"，内心稍稍追求你那一份神秘的自在吧！

因为我的父母开明，才有这份勇气，在夜深人静的时候，母亲不再来替我——一个中年的女儿盖被的偶尔自由中，写出了一个子女对父母的心声。

父亲、母亲，爱你们胜于一切，甚而向老天爷求命，但愿先去的是你们。而我，最没有勇气活下去的一个人，为了父母，大撑到最后。这件事情，在我实在是艰难，可是答应回国定居，答应中国式接触的复杂和压力，答应吃饭，答应一切你们对我——心肝宝贝的关爱。那么，也请你们适度的给我自由，在我的双肩上，因为有一口嘘息的机会，将这份爱的重负，化为责任的欣然承担。

【交流之窗】

　　每一个父母都是爱自己孩子的，但是不是每一个父母都会用恰当的方式来爱自己的孩子。这里，三毛所说的信任很重要。信任孩子的能力，信任孩子的安排，是对孩子精神上的鼓励。关心和鼓励是在需要的时候，是在情感和精神的层面，而不是事无巨细的物质层面，那样只会引起年轻人的反感，这是中国式父母辛苦且不讨好的主要原因。

父与子，一对孤独的亲戚

[西班牙]何塞·加夫列尔

几年前，当我的儿子很顺利地来到这个世界的时候，我像往常一样，还要出差，还有那么多的工作在等着我。

时光飞逝，儿子在我不经意间便学会了自己吃饭，在我不在身边的时候学会了叫第一声"妈妈"和"爸爸"。

他成长得如此迅速，时间如白驹过隙。

随着他一天天长大，他经常问我一个问题："爸爸，有一天我一定要像你一样。爸爸，你什么时候回家？"

"不知道，孩子，但我保证我一回家就陪你玩儿，我保证！"

后来，儿子年满十岁了。他对我说："谢谢爸爸送我的足球，你能和我一起玩吗？"

"今天不行，孩子……我还有很多工作。"

"那好吧，爸爸，我们改天再一起玩。"他善解人意地微笑着跑开了，唇齿间似乎总留着那句话，"爸爸，我要像你一样！"

后来的日子，我反复对他说着："不知道，孩子。但我保证我一回家就会陪你玩儿，我保证！"

一转眼，儿子已经进入大学了。他长大了，成了一个真正的男人。

"孩子，我为你骄傲。坐下来，让我们聊聊。"

"今天不行，老爸，我还有约会，给我点儿钱，我要去见几位朋友。"

再后来，我退休了，儿子有了自己的家。今天我给他打电话："嘿！孩子，我真想你。"

"我也是，老爸。但我真的没时间回家，您知道，还有一大堆工作没完成，家里还有小不点儿……但谢谢你能打来电话，真高兴能听到你的声音……"

挂断电话，我突然发现，他真的很像我。

【交流之窗】

陌生的父子，孤独的父子，为了工作、朋友以及其他的一些事情，父子俩总是减少和对方见面的机会。从前父亲是这样的，后来儿子长大了，也是这样对待父亲的。榜样的力量是无穷的。这篇文章很有现实意义，这样的情形在我们身边也经常发生。和父母见面，陪在父母左右，看似很简单很平常的事情，却常常被忽略，而这件事本应该是生活中至关重要的事情。

马克·扎克伯格的童年

——成为什么人，童年很重要

周俊　王拥军

　　扎克伯格无疑是世界级的偶像人物，更是无数年轻人的榜样。我们不禁要问：他为何能在如此年轻之时便获得这样的成功呢？不可否认，快乐的童年生活为他日后成为IT精英奠定了坚实的基础。

　　童年是每个人必经的成长阶段，对人的成长起着至关重要的作用。就像盖房子时，地基决定房子能盖多高一样，童年决定着一个人的人生会走向何方。俗话说三岁定终身，虽有夸张，但也大致属实。一个人性格的形成、初步的人生观和世界观，都与童年的经历紧密相连。可以说，一个人童年的认知是其后天认知的基础。而马克·扎克伯格之所以能年纪轻轻便如此成功，这与他那几乎无拘无束自由发展的童年密不可分。

　　1984年5月14日的早晨，阳光明媚，在美国纽约州的一个中产家庭，未来IT界的精英马克·扎克伯格出生了。他的父亲爱德华·扎克伯格是位牙医，母亲则是位心理医生。在这样一个家庭中成长，自然从小便会受到良好的教育。当和扎克伯格同龄的孩子都循规蹈矩地上学读书时，扎克伯格便通过父亲爱德华知道了电脑，也从此爱上了电脑——爱德华的第一台办公电脑IBMXT恰好是在扎克伯格出生那年购买，其硬盘容量只有当前普通电脑硬盘容量的2.5%。一接触电脑，马克便沉迷其中。马克父母看到年仅10岁的儿子对电脑非常痴迷，便决定送给他一台，于是扎克伯格拥有了自己的第一台电脑。扎克伯格刚把电脑拿到手，就迫不及待地开始对之展开研究。之后，他把除去吃饭、睡觉、上学所需时间外的几乎所有时间，全都花在了对电脑的研究上。

父亲爱德华细心地观察着小扎克伯格的一举一动，发现他非常讨厌做家庭作业，但喜欢研究电脑，有极强的观察动手能力，便决定教小扎克伯格写代码。20世纪90年代初，他用家里的电脑Atari800——看起来像一台大型电子打字机，教儿子Atari Basic程序。而扎克伯格对于计算机程序运作的原理也充满了好奇，他很想知道究竟是什么让这些程序自动运行的。一系列弄不明白的问题激发了他求知的欲望，于是他开始逐步了解、研究程序和代码，以及抽象的计算机系统原理。

后来，爱德华还专门聘请了软件开发商大卫·纽曼作为儿子的家庭教师，每周上一次课。这位老师不久就发现了扎克伯格身上的电脑天赋，也称赞他为"神童"，"难以被超越"。很快，一周一次的家教已经无法满足扎克伯格的求知欲望，他转而进入附近的莫塞尔学院，参加每周四晚上的大学电脑课程。他喜欢开发计算机程序，特别是通信工具和游戏类的。根据作家何塞·安东尼奥·巴尔加斯回忆："一些孩子们玩的游戏，都是扎克伯格创造的。"扎克伯格后来也回忆了这段历史："我有一群艺术家朋友，他们会过来，随便画些东西，我从中获得灵感，创造了一套游戏。"也许正是童年对电脑的兴趣激发了小扎克伯格的天性，逐渐挖掘了他的潜能。

在掌握了编程的技能后，小扎克伯格自己钻研，编写了一个用于即时通讯的、简单的程序。从此以后，父亲牙科诊所里的人通过电脑借助这个程序实现了互相沟通，扎克伯格一家把这个程序称为ZuckNet。这一套系统甚至可视为后来美国在线实时通信软件的原始版本。

扎克伯格喜欢电脑，不像其他孩子一样着迷于游戏，而是借助它研究电脑编程等技术问题，但是这也引起了父母对儿子的担忧，他如此着迷于自己的电脑世界，会不会陷入孤独、自闭的状态呢？当然，扎克伯格也不是整天沉溺电脑，算不上十足的电脑发烧友。除了电脑，马克还有不少其他课外活动，比如他后来就成为预备学校击剑队队长，并且获得了古典文学的文凭。马克的亲密好友，Napster的联合创始人肖恩·帕克曾经说过："他（扎克伯格）真正读过希腊《奥德赛》及其他古名著。"后来的事实也证实了这一点：在Facebook的产品发布会上，扎克伯格曾经引用了维吉尔所写的罗马史诗《埃涅阿斯纪》。

天资聪颖的扎克伯格，从小就能对电脑的各种问题做到无师自通。家里的任何一个成员使用电脑出现问题时都会向他求助，而他每次都能不负众望地轻松解决。渐渐地，因为在电脑上技术精湛，他被称为"电脑神童"，而他自己更是乐在其中。

童年的教育对孩子一生的成长起着至为重要的作用。美国人的家庭教育注重品德的培养及个人能力和个性的培育。受这样大环境的影响，扎克伯格的父母也是很好的教育启蒙者。他们不仅给了扎克伯格快乐的童年生活，而且发掘了儿子的兴趣。一个人，尤其是一个孩子，不可能什么都会，对什么都感兴趣。对孩子来说，做什么事最有效率，也最容易取得成绩呢？当然是自己喜欢的事。

当一个孩子的兴趣和爱好被激发和允许的时候，所迸发出来的能量可能比成年人还要强。儿童有自己独特的兴趣和爱好，对于他们感兴趣的事情，孩子往往有着成人所不能企及的热情和精力，全身心地投入其中。就像小扎克伯格一样，小小年纪就能编写出电脑程序。如果他对电脑的爱好不被支持，并且没有坚持下去，那他会有之后的成就吗？可见，童年对一个人来说，是多么的重要！

那么，父亲爱德华是怎样发掘扎克伯格的爱好的呢？爱德华认为："最关键的是洞察力。人们每天都面对许多事情，但有多少人能察觉出它们的发展方向呢？"小扎克伯格从小便具有这种洞察力。在十几岁的时候，他就把一台音响拆开，想弄明白它究竟是如何工作的。发现儿子兴趣后，爱德华并不像中国的父母一样，认为这与学习无关，暴跳如雷，横加干涉。他明白"强扭的瓜不甜"，如前文所述，他支持并引导儿子进行电脑程序设计。

父母是孩子最好的榜样。父亲爱德华也是一位勤勤恳恳、脚踏实地、锐意进取之人。他曾在哥伦比亚大学给牙科学生做了一场题为"牙科诊所里的技术整合"的演讲。听完讲座之后，哥大的一名教师也不得不称赞说："尽管我一直关注前沿技术，但似乎他比我还领先7—10年。"父亲这种不断钻研、创新的精神对孩子们也产生了深远的影响。对扎克伯格的影响不言而喻，其他的兄弟姐妹也受到了父亲的影响。爱德华大女儿兰迪（Randi）在Facebook工作，是营销主管。二女儿唐娜（Donna）则嫁给了计算机专家哈利·施密特（Harry Schmidt），读研期间就翻译了拉丁语的iPhone。最小的女儿阿丽尔（Arille）在克莱蒙特·麦肯纳学院（Claremont McKenna College）学习计算机科学，设计了父亲诊所的网站。

由此可见，家庭环境与童年生活是成就一个人的特殊影响力。父母应对孩子的良好兴趣予以鼓励，为他们创造继续发展兴趣的条件；父母应该为孩子树立榜样，如此不知不觉间，自己便会对孩子产生积极影响，引导孩子圆了"父母梦"。

每个人在自己的一生中会受到很多因素的影响，但童年的影响则被公认为最为鲜明、最为深远。美国经济学家劳伦斯·萨默斯说："童年占人一辈子的四分之一，如果孩子的童年生活过得开心，那就再好不过了。"坦桑尼亚诗人夏巴妮·罗伯特说："童年乃是人生的重要阶段。人的品性在童年开始形成。我们长大后成为什么样的人，取决于童年时的所学与所为。"英国诗人约翰·弥尔顿曾在名著《复乐园》中说:"童年中预示了成年,就像清晨预示了白天。"他们都不约而同地说明了童年对人生的重要,肯定了童年在人生中的意义。因为孩提时代的人对未知世界拥有足够的新鲜感和热情,也拥有足够的空间来释放自己的天性与创造力,所以童年时代的经历将直接决定一个人的人生观、价值观,也决定着一个人发挥智慧和潜能的可能性。如果一个人能够在童年时期获得足够的关爱与温暖,同时再加上良好的引导和教育,那么他的未来将不可估量。扎克伯格就是其中的幸运儿之一。

快乐的童年时光以及良好的家庭氛围让扎克伯格得以健康成长,让他独特的天赋得以发掘和展现。他并没有沿袭父母的职业,而是继承了父母良好的学习和生活方式,还在父亲的启发中学会了独立思考,自主选择,继而有机会发现和延续自己对计算机的"情有独钟"。

【交流之窗】

在深圳市图书馆里,关于扎克伯格、比尔·盖茨、乔布斯的书被读者翻阅得非常旧了。循着这个线索,分析读者爱好,最终与时俱进,选进同学们感兴趣的人物成长经历,以满足同学们的需要。在这里,扎克伯格的成长经历真是非常值得中国的父母学习,核心就是观察孩子,顺应天性,给孩子需要的东西,从他的兴趣出发。本文既有事例又有理论,"操作性"很强。

教育你的父母

梁实秋

"养不教，父之过。"现在时代不同了。父母年纪大了，子女也负有教育父母的义务。话说起来好像有一点刺耳，而事实往往确是这样。

"吃到老，学到老。"前半句人人皆优为之，后半句却不易做到。人到七老八十，面如冻梨，痴呆黄耇，步履维艰，还教他学什么？只合含饴弄孙（如果他被准许做这样的事），或只坐在公园木椅上晒太阳。这时候做子女的就要因材施教，教他的父母不可自暴自弃，应该"当一天和尚撞一天钟"，"人生七十才开始"。西谚有云："没有狗老得不能学新把戏。"岂可人不如狗？并且可以很容易地举出许多榜样，例如：

一、摩西老祖母一百岁时还在画画。

二、罗素九十四岁时还在奔走世界和平。

三、萧伯纳九十二岁还在编戏。

四、史怀泽八十九岁还在非洲行医。

五、歌德写完他的《浮士德》时是八十三岁。

旁敲侧击，教他见贤思齐，争上游，不可以自甘老朽，饱食终日。游手好闲，耗吃等死，就是没出息。年轻人没出息，犹有指望，指望他有朝一日悛悔自新。上了年纪的人没出息，还有什么指望? 二辈子!

孩子已经长大成人，甚至已经生男育女，在父母眼中他还是孩子。所以老莱子彩衣娱亲，仆地作儿啼，算是孝行。那时候他已经行年七十，他的父母该是九十以上的人了。这种孝行如今不可能发生。如今的孩子，翅膀一硬，就要远走高飞，此后男婚女嫁，小两口子自成一个独立的单位，五世同堂乃成为一种幻想，或竟是梦魇。现代子女应该早早提醒父母，老境如何打发，宜早为之计，告诉他们如何储蓄以为养老之资，如何锻炼身体以免百病丛生。最重要的是要他们心里有所准备，需要自求多福。颐养天年，与儿女无涉。俗语说:"一个人可以养活十个儿子，十个儿子养不活一个爸爸。"那就是因为儿子本身也要养活儿子，自顾不暇，既要承上，又要启下，忙不过来。十个儿子互相推诿，爸爸就没人管了。

代沟之说，有相当的道理。不过这条沟如何沟通，只好潜移默化，子女对父母未便耳提面命。上一代的人有许多怪习惯，例如: 父母对于用钱的方式，就常不为子女所了解。年轻人心里常嘀咕，你要那么多钱干什么? 一个钱也带不了棺材里去! 一个钱看得像斗大，一串串地穿在肋骨上，就是舍不得摘下来。眼瞧着钱财越积越多，而生活水准不见提高。嘀咕没有用，要事实上逐步提示新的生活模式。看他的一把座椅缺了一只脚，垫着一块砖，勉强凑合，你便不妨给他买一张转椅躺椅之类，看他肯不肯坐。看他的衣服捉襟见肘，污渍斑斑，你便不妨给他买一件松松大大的夹克，看他肯不肯穿。这当然不免要破费几文，然而这是个案研究的教学法，教具是免不了的。终极目的是要父母懂得如何过现代的生活，要让他知道消费未必就是浪费。

勤俭起家的人无不爱惜物资。一颗饭粒都不可剩在碗里，更不可以落在地上。一张纸，一根绳，都不能委弃，以至家家都有一屋子的破铜烂铁。陶侃竹头木屑的故事一直传为美谈，须知陶侃至少有储存那些竹头木屑的地方。如今三房两厅的逼仄的局面，如何容得下那一大堆的东西？所以做子女的在家里要不时地负起清除家里陈年垃圾的责任。要教导父母，莫要心疼，旧的不去，新的不来。

我们中国人一般没有立遗嘱的习惯，尽管死后子女打得头破血出，或是把一张楠木桌锯成两半以便平分，或是缠讼经年丢人现眼，就是不肯早一点安排清楚。其原因在于讳言死。人活着的时候称死为"不讳"或"不可讳"，那意思就是说能讳时则讳，直到翘了辫子才不再讳。逼父母立遗嘱，这当然使不得。劝父母立遗嘱，也很难启齿。究竟如何使父母早立遗嘱，就要相机行事，趁父母心情开朗的时候，婉转进言，善为说辞，以不伤感情为主。等到父母病革，快到易箦的时候才请他口授遗言，似乎是太晚了一些。

教育的方法多端，言教不如身教。父母设非低能，大抵也会知道模仿。在公共场所，如果年轻人都知道不可喧哗，他们的父母大概也会不大声说话。如果年轻人都知道鱼贯排队，他们的父母也会不再攘臂抢先。如果年轻人不牵着狗在人行道上遗矢，他们的父母也许不好意思到处吐痰。种种无言之教，影响很大，父母教育儿女，儿女也教育父母，有些事情是需要解释的，例如，中年发福不是好现象，要防止血压高，要注意胆固醇等等。

有些父母在行为上犯有错误，甚至恶性重大不堪造就，为人子者也负有教育的责任。子曰："事父母，几谏；见志不从，又敬而不违，劳而不怨。"这就是说，父母有错，要委婉劝告，不可不管；他不听，也不可放弃不管，更不可怨恨。当然，更不可以体罚。看父母那副孱弱的样子，不足以当尊拳。

【交流之窗】

随着社会老龄化的加剧，我们周围的老人越来越多，老年人的生活状态也当引起年轻人的思考。有的老人精神矍铄，生活优雅，状态年轻，心态乐观；有些老人自私暴躁，自怨自艾，不顾形象，不讲文明，凡事"抢"字当头。活到老学到老，这句话是很有道理的。长江后浪推前浪，年轻人生活中的许多方面是值得老年人学习的。

心理乔布斯（节选）

陈禹安

　　命运总会以一种神秘的方式将一些看似不相干的人联系在一起。就在襁褓中的乔布斯日渐成长的同时，命运已经在悄悄地为他搭建日后供他纵横捭阖、呼风唤雨的大舞台。

　　在史蒂夫·乔布斯5个月大的时候，他的父亲保罗将家从旧金山湾区的北端搬到了南旧金山，进入日后被称为"硅谷"的这一片区域范围。3个月后，乔布斯一生中与他纠缠不休的最大对手将在美国西雅图出生，他的名字叫作比尔·盖茨（Bill Gates）。

　　有意思的是，乔布斯的养父保罗是在威斯康星州的日耳曼敦长大的，而乔布斯的亲生父母也是在威斯康星州相识相恋的。

　　保罗十几岁的时候从中学辍学，一直在中西部地区四处游荡。30多岁的时候，他应征加入了被称为"流氓海军"的美国海岸警卫队。二战结束后，保罗在旧金山退役，并结婚定居下来。

　　保罗心灵手巧，做过机械维修、二手车买卖等，此时的职业是为一家金融公司工作，具体负责催收坏账，核查汽车经销商的贷款条件是否合规。

　　一般的美国人对待孩子，本来就持比较宽容的态度。对于这个期盼多年、颇费周折才领养来的孩子,保罗和克拉拉当然更是疼爱有加。而且,从保罗本人的经历来看,他也不是一个喜欢受太多约束的人。这一特性也不可避免地表现在对孩子的教育中。

所以,乔布斯从一开始就处在了一个近乎溺爱、毫无约束的环境中。

每个孩子刚来到世间的时候,都是充满了不会趋利避害的好奇心的。这种好奇心在没有碰壁之前,不会停止其扩张的步伐。也就是说,婴幼儿时期的孩子会不断去试探这个世界的底线。这个时候,父母的言行态度,就在潜移默化中为孩子设定了种种的锚定,来约束管教孩子的行为。这是一个社会化的过程,具有两个相反向度的影响。一方面,孩子会变得循规蹈矩,日益符合一般性的社会规范要求,这使得成长起来的孩子更能适应外部环境;另一方面,这也会扼杀掉孩子的想象力与创造力,让孩子变得平庸。正如毕加索曾经说过的:"每个孩子天生都是艺术家,问题是长大之后如何保留才华。长大之后的所有时间,其实都被用来寻找稚嫩无知时那种天真的创意自信。"

保罗和克拉拉对孩子非同寻常的宽容使得乔布斯天性中的那种我行我素、不受约束的因子被无限地激发了出来。很快,乔布斯就表现出了他那无与伦比的创造力(或者毋宁说是破坏力)。

乔布斯长到3岁时,他的儿童多动症已经非常明显。他精力旺盛,经常一大早就起来捣乱,搞恶作剧。

有一次，他为了搞清楚电是怎么回事，把母亲的一根发夹插到了电源插座内。乔布斯触了电，保罗和克拉拉赶紧送他去医院。

还有一次，乔布斯觉得用来毒杀蚂蚁的药剂瓶很好玩，他忍不住打开瓶子……

这真是一个让父母操心的孩子，但保罗和克拉拉并没有对他严加呵斥。在这样的纵容下，乔布斯就像任何一个被宠坏的孩子一样，变得更加肆无忌惮了。这看起来似乎会让他走上一条歧途。但凡事有弊亦有利。乔布斯那种与生俱来的"天真的创意自信"也得以原原本本地被保留了下来。

尽管乔布斯是如此让父母操心，但对孩子有着特殊喜欢的保罗夫妇又收养了一个比乔布斯小两岁的女孩子，并取名为帕蒂。

后来，保罗供职的金融公司派他长驻帕洛阿尔托分公司工作。保罗希望能够多一点时间和两个孩子在一起，就决定在距离帕洛阿尔托很近的山景城买一套房子。山景城和森尼维尔、帕洛阿尔托一样，也住满了电子工程师。

这是乔布斯的第二次搬家。这样，乔布斯距离硅谷的中心——他未来的舞台又近了一步。

在抚育乔布斯的过程中，保罗和克拉拉眼前总是会浮现起乔安妮年轻而严肃的面容。在教育背景和家庭经济实力上的不足总是让他们内心深处有一种自卑感。他们经常会扪心自问："如果这个孩子生活在那个律师家庭，他们会怎样来抚养教育他呢？"

当他们搬到山景城后，这个问题有了一个答案（"这绝非最终的唯一答案，而仅仅是一个开始"），那就是得让孩子学游泳。但是家里没有足够的钱来支付乔布斯上游泳课的费用，克拉拉只好靠晚上帮朋友们看孩子来挣钱。

乔布斯报名参加了"山景城海豚"游泳俱乐部。在这里他遇到了马克·沃兹尼亚克。这个沃兹尼亚克是那个将和乔布斯风云际会的沃兹尼亚克的弟弟。虽然住得很近，但乔布斯还要再等上10年才能和那个沃兹尼亚克相识。

在游泳俱乐部里，小乔布斯显得很不合群。显然，这也是父母对他放纵的结果。这是乔布斯最早与外人打交道。外人当然不会像溺爱他的父母那样，无条件地满足他任性的要求。这带给了乔布斯很大的挫折感。当他发自内心的任性要求无法得到满足时，他会忍不住哭起来。这个习惯一直保留到了他成年以后。这样的言行举止当然不太招人喜欢。

乔布斯上学后，他放纵不羁的个性丝毫也没有改变，反而变本加厉起来。

在学校里，他喜欢捣乱，不服从老师的管理，不完成家庭作业。有好几次，他被学校驱逐回家。但溺爱孩子的保罗·乔布斯总是维护他，并向老师阐明："听着，这不是他的错。如果你提不起他的兴趣，那是你的错！"

四年级的时候，一位名叫伊莫金·希尔（Imogene Hill）的老师收留了他,让他免于被开除。希尔老师花了一个月的时间来与这个"问题学生"沟通。她采用了"以邪制邪"的策略。她对乔布斯说:"我真心希望你能完成这些作业。你要是能完成,我就给你5美元。"

5美元,对于9岁的乔布斯来说,可不是一个小数目了。

在这段时期,他的父亲改行当房地产经纪人,却遭到失败。后来不得不拾起机械修理工的老本行。他好不容易在圣卡洛斯的一家机械修理店找到工作,只能从底层干起,收入很低。他和克拉拉从来不休假,家具也是修了再修,家里也买不起彩电。

乔布斯很难理解家里为什么一下子变得那么穷。伊莫金的5美元悬赏,对他的诱惑很大。更关键的是,伊莫金对他的态度与纵容他的父母非常相似。这正是乔布斯惯于且乐于接受的一种相互关系。这一偏好贯穿了他的一生。

乔布斯不俗的学习天分由此被激发出来,他的功课取得了突飞猛进的进步。最后,学校建议他跳过五年级,直接就读六年级。

如果没有伊莫金,也许乔布斯就会在监狱里度过一生了。可以说,是伊莫金改变了乔布斯的人生轨迹。

对乔布斯来说,这是一个巨大的恩惠。互惠原理是人类在长期进化过程中形成的一种基本心理模式,其威力巨大无比。正如社会学家埃尔文·古德纳所说的:"在这个世界上,恐怕找不到一个不认同这条原理的社会组织。"当然,也包括个人。

日后功成名就的乔布斯并没有忘记伊莫金的恩惠。他回报的方式就是为购买苹果公司产品的老师和学生设立专门的教育优惠。今天享受到惠益之果的全球各地成千上万的师生们，请一定别忘了伊莫金女士当年种下的惠益之因。

【交流之窗】

溺爱，从来是贬义词，解释为过度爱护，过度关爱。可是，对孩子的天性不妨迁就一下，顺应一下，如果这也是溺爱，那"溺爱"便有了褒义的成分。这篇文章的观点非常好："婴幼儿时期的孩子会不断去试探这个世界的底线。这个时候，父母的言行态度，就在潜移默化中为孩子设定了种种的锚定，来约束管教孩子的行为。这是一个社会化的过程，具有两个相反向度的影响。一方面，孩子会变得循规蹈矩，日益符合一般性的社会规范要求，这使得成长起来的孩子更能适应外部环境；另一方面，这也会扼杀掉孩子的想象力与创造力，让孩子变得平庸。"

乔布斯的养父母，在生活拮据、失业的时候也能宽容孩子，从积极一面去理解孩子的多动、顽皮、不守规矩，这一定源于对这个孩子深深的爱。

实战经验与学历，到底哪个更重要？

——比尔·盖茨的反思

何怡男

比尔·盖茨退学创办微软公司的神话激励着无数的后来人走上自己的创业历程。

那么，比尔·盖茨是如何想的呢？这个没有领到哈佛毕业证的人是否同意大学生不读完大学就去创业呢？

事实上盖茨本人并不赞成大学生放弃深造的机会选择创业，而是主张大学生从小事做起。退学创办公司并不像某些报刊文章鼓吹的那样，有个聪明的编程脑袋就行了。

2007年6月7日，离开哈佛30年后，比尔·盖茨回到哈佛领取学位，并且发表了一番演说。我们可以从中得到一些启发，看看比尔·盖茨在实战与学历中，到底会选择什么。

过去30年里，我一直在等待着说这样一句话："父亲，我将拿到自己的学位。"

我要感谢哈佛及时地授予我学位。我明年要换一份工作

（指比尔和梅琳达·盖茨基金会的慈善工作），有了学位我的简历看起来会更好一些。

祝贺今天的哈佛毕业生都直接获得了学位。哈佛校报称我为"哈佛历史上最成功的辍学生"，这让我感到非常高兴。当我面对同一届毕业生时，我可以对他们说："我是失败者中最为成功的。"

众所周知，当初史蒂夫·鲍尔默从哈佛商学院退学，我是始作俑者。我并不是一个好榜样，这也是我受邀在你们的毕业典礼上发表演讲的原因。如果你们都像我一样辍学，那今天就没有人会坐在这里。

对我来说，在哈佛的经历是一段难忘的体验。校园生活总是让人留恋，我曾经上了很多根本没有注册的课。当然，宿舍的生活并不太美好。当时我住在拉德克里夫学院，同一宿舍的很多人经常讨论问题到深夜，因为他们都知道我并不担心早上起不来床。正是在这样的环境下，我成长为反社会集团的领导者。

拉德克里夫是一个适合生活的地方。那时候这里有很多女孩子，而且大多数男生都属于较为死板的类型，因此我的机会很多。不过，正是在这里，我明白了拥有机会并不一定能获得成功的道理。你们都知道我的意思。

在哈佛的日子里，最令我难忘的是1975年1月的一天。当时我给阿尔伯克基的一家公司打了电话，这家公司已经开始生产全世界首批个人计算机，我希望这家公司购买我的软件。

最开始我忐忑不安，因为担心这家公司会因为我是学生而挂断电话。但幸运的是，他们没有这样做，而是对我说："我们还没有准备好，一个月后来我们公司看看吧。"这对我来说是一个好消息，因为我们当时还没有完成软件开发。从那一刻起，我夜以继日地工作。这一项目虽然价值不大，但它标志着我大学生活的结束，以及微软的起步。哈佛给我留下印象最深的是所有人都活力十足，而且非常聪明。在哈佛的日子有快乐，也有失落，但总是充满挑战。尽管我很早离开了哈佛，但那几年已经足以改变我。在这里，我结识了很多朋友，并想出了很多创意。认真回顾过去，我确实有着一大遗憾。

这样看来，比尔·盖茨认为，学历还是很重要的。也许，在他自己看来，自己也是一个幸运的人。如果没有这种运气，他一定会屡屡受到挫折，乃至失败。

【交流之窗】

比尔·盖茨从哈佛大学退学了！如果不了解这句话的背景，以及比尔·盖茨退学的原因，很容易误解这一行为。在这里，听一听比尔·盖茨本人对此事的评价，你或许会理解得更深入一点儿。

第二编
家　族

一个家庭就是社会的一个细胞，也是家族的一个细胞。这些家族，因为优良的家风，严谨的传统而人才辈出。古今中外有许多很有影响力的家族，在人类发展史上发挥着重要的作用。

曾国藩家族是一片浓密的树林，这个家族浓荫密布，每一棵树都苗壮成长。他们保家卫国，忠君爱国，知进知退，辅国安邦，曾国藩本人更是股肱之臣，是其中的参天大树。

江南钱家是一个湖泊，在其涵养下每一滴水都清新澄澈，每一滴水都学养丰富。史学家钱穆，科学家钱伟长，文学家钱锺书，更有后来的钱瑗、钱行、钱婉约这些晚辈，虽不如前辈成就斐然泰山北斗，但是都"术业有专攻"，在其他家族中，能够出一个这样的大家都已经是满门生辉了。吴越钱家，大师辈出，和严谨家风息息相关。

梁启超家族被称为中国近代第一大家族，梁思成、梁思永、梁思礼分别以建筑学家、历史学家和航天科技专家，成就了一门三院士的美谈。梁启超家族，以家国担当作为核心，每一个人，都把自己满腔热血献给了中国这片热土。在这片绿洲上，每一棵树都苗壮成长。

这一编中，还编辑了传统的家训和启蒙的文章，选取了傅雷、傅聪、傅敏父子的书信，供大家阅读。

弟子规（节选）

李毓秀

弟子规，圣人训。首孝悌，次谨信。泛爱众，而亲仁。有余力，则学文。

入则孝

父母呼，应勿缓。父母命，行勿懒。父母教，须敬听。父母责，须顺承。

冬则温，夏则清。晨则省，昏则定。出必告，返必面。居有常，业无变。

事虽小，勿擅为。苟擅为，子道亏。物虽小，勿私藏。苟私藏，亲心伤。

亲所好，力为具。亲所恶，谨为去。身有伤，贻亲忧。德有伤，贻亲羞。

亲爱我，孝何难。亲憎我，孝方贤。亲有过，谏使更。怡吾色，柔吾声。

谏不入，悦复谏。号泣随，挞无怨。亲有疾，药先尝。昼夜侍，不离床。

丧三年，常悲咽。居处变，酒肉绝。丧尽礼，祭尽诚。事死者，如事生。

出则弟

兄道友，弟道恭。兄弟睦，孝在中。财物轻，怨何生。言语忍，忿自泯。

或饮食，或坐走。长者先，幼者后。长呼人，即代叫。人不在，己即到。

称尊长，勿呼名。对尊长，勿见能。路遇长，疾趋揖。长无言，退恭立。

骑下马，乘下车。过犹待，百步余。长者立，幼勿坐。长者坐，命乃坐。

尊长前，声要低。低不闻，却非宜。进必趋，退必迟。问起对，视勿移。

事诸父，如事父。事诸兄，如事兄。

【交流之窗】

"亲"是什么意思？我们先从一个公益广告说起。著名篮球运动员易建联曾做了一则公益广告，内容是："亲，你做义工了吗？"这里的"亲"是时下比较常用的称呼，尤其是淘宝商家，总用"亲"来称呼客户，以表亲近和熟络。但是古代"亲"只指父母，不是一个可以随便称呼的词。明白了这个词，你在《弟子规》中就能够明白"物虽小，勿私藏。苟私藏，亲心伤"是指"自己有什么东西，就算很小，也不要背着父母私藏。天下没有不透风的墙，如果私藏东西，即使自己很谨慎，也免不了会有被父母发现的一天，那时父母会伤心"。"亲所好，力为具。亲所恶，谨为去"是指"父母喜欢的事情，应该尽力去做；父母厌恶的事情，应该小心谨慎不要去做（包括自己的坏习惯）"。"身有伤，贻亲忧。德有伤，贻亲羞"的意思是："自己的身体受到伤害，必然会引起父母忧虑。所以，应该尽量爱惜自己的身体，不要让自己受到不必要的伤害。自己的名声德行受损，必然会令父母蒙羞受辱。"古人很重视天地君亲。现代社会中，无论你行走到哪里，你对父母的态度，就是你对社会他人的态度。因此《弟子规》指导人们从家庭做起，从对待父母兄长的态度做起，是很有道理的。

朱子家训（节选）

朱柏庐

黎明即起，洒扫庭除，要内外整洁。

既昏便息，关锁门户，必亲自检点。

一粥一饭，当思来处不易；半丝半缕，恒念物力维艰。

宜未雨而绸缪，毋临渴而掘井。

自奉必须俭约，宴客切勿流连。

器具质而洁，瓦缶胜金玉；饮食约而精，园蔬愈珍馐。

勿营华屋，勿谋良田。

【交流之窗】

我们首先来认识一下《朱子家训》的"朱"。他是朱柏庐（1627—1698），原名朱用纯，字致一，自号柏庐，江苏昆山人（今昆山市），著名理学家、教育家。其父朱集璜是明末的学者，清顺治二年（1645）守昆城抵御清军，城破，投河自尽。朱柏庐自幼致力读书，曾考取秀才，志于仕途。清入关明亡遂不再求取功名，居乡教授学生并潜心程朱理学，主张知行并进，一时颇负盛名。康熙曾多次征召，然均为先生所拒绝。曾用精楷手写数十本教材用于教学。与徐枋、杨无咎号称"吴中三高士"。康熙三十七年（1698）染疾，临终前嘱弟子："学问在性命，事业在忠孝。"《朱子家训》以"修身""齐家"为宗旨，集儒家做人处世方法之大成，思想植根深厚，含义博大精深，通篇意在劝人要勤俭持家、安分守己。

曾国藩家书（节选）

曾国藩

劝学篇——禀父母·劝两弟学业宜精

男国藩跪禀

父母亲大人万福金安。

六月廿八日，接到家书，系三月廿四日所发，知十九日四弟得生子，男等合室相庆。四妹生产虽难，然血晕亦是常事；且此次既能保全，则下次较为容易。男未得信时，常以为虑，既得此信，如释重负。

六月底，我县有人来京捐官，言四月县考时，渠在城内，并在彭兴歧丁信风两处，面晤四弟六弟，知案首是吴定五。男十三年前，在陈氏宗祠读书，定五才发蒙人起讲，在杨畏斋处受业，来年闻吴春岗说定五甚为发奋，今果得志，可谓成就甚速。其余前十名，及每场题目，渠已忘记，后有信来，乞四弟写出。

四弟六弟考运不好，不必挂怀；俗语云："不怕进得迟，只要中得快。"从前邵丹畦前辈，四十二岁入学，五十二岁作学政。现任广西藩台汪朗，渠于道光十二年入学，十三年点状元。阮姜台前辈，于乾隆五十三年，县府试头场皆未取，即于是年入学中举，五十四年点翰林，五十五年留馆，五十六年大考第一，比放浙江学政，五十九年升浙之出抚。些小得失不足患，特患业之不精耳。两弟场中文若得意，可将原卷领出寄京，若不得意，不寄可也。

男辈在京平安。纪泽兄妹二人，体甚结实，皮色亦黑。逆夷在江苏滋扰，于六月十一日攻陷镇江，有大船数十只，在大江游弋；江宁扬州二府，颇可危虑。然而天不降灾，圣人在上，故京师人心镇定。同乡王翰城告假出京，男与陈岱云亦拟送家眷南旋，与郑莘田、王翰城四家同队出京。男与陈家，本于六月底定计，后于七月初一请人扶乩，似可不必轻举妄动，是以中止。现在男与陈家，仍不送家眷回南也。

正月间，俞岱青先生出京，男寄有鹿脯一方，托找彭山屺转寄，俞后托谢吉人转寄，不知到否？又四月托李丙冈寄银寄笔，托曹西垣寄参并交陈季牧处，不知到否？前父亲教男养须之法，男仅留上唇须，不能用水浸透，色黄者多，黑者少，下唇拟待三十六岁始留。男屡接家信，嫌其不详，嗣后更愿详示。

男谨禀。

道光二十二年六月初十日

劝弟切勿恃才傲物

四位老弟足下：

吾人为学，最要虚心。尝见朋友中有美材者，往往恃才傲物，动谓人不如已，见乡墨则骂乡墨不通，见会墨则骂会墨不通，既骂房官，又骂主考，未入学者，则骂学院。平心而论，已之所为诗文，实亦无胜人之处；不特无胜人之处，而且有不堪对人之处。只为不肯反求诸已，便都见得人家不是，既骂考官，又骂同考而先得者。傲气既长，终不进功，所以潦倒一生，而无寸进也。

余平生科名极为顺遂，惟小考七次始售。然每次不进，未尝敢出一怨言，但深愧自己试场之诗文太丑而已。至今思之，如芒在背。当时之不敢怨言，诸弟问父亲、叔父及朱尧阶便知。盖场屋之中，只有文丑而侥幸者，断无文佳而埋没者，此一定之理也。

三房十四叔非不勤读，只为傲气太胜，自满自足，遂不能有所成。京城之中，亦多有自满之人，识者见之，发一冷笑而已。又有当名士者，鄙科名为粪土，或好作诗古文，或好讲考据，或好谈理学，嚣嚣然自以为压倒一切矣。自识者观之，彼其所造曾无几何，亦足发一冷笑而已。故吾人用功，力除傲气，力戒自满，毋为人所冷笑，乃有进步也。诸弟平日皆恂恂退让，第累年小试不售，恐因愤激之久，致生骄惰之气，故特作书戒之。务望细思吾言而深省焉，幸甚幸甚！

曾国藩手草

道光二十四年十月廿一日

【交流之窗】

青春年少之时，易自卑又易自负。自卑时觉得人生渺茫，处处不如意，事事不如人，看不到活着的希望，对一切都失去了感觉。自负时又觉得天地间唯我独尊，一点点小进步一点点小收获，足以让自己飘摇于云端，试看天下谁能敌。人生飘忽于这天上地下两极之间，可怜一个血肉之躯怎能承受这纠结之重。"余平生科名极为顺遂，惟小考七次始售。然每次不进，未尝敢出一怨言，但深愧自己试场之诗文太丑而已。至今思之，如芒在背。""不怕进得迟，只要中得快。"这几句，已经能够让我们领会到人生有低谷也有高潮，唯学业精通，才会风轻云淡。

《人生十论》序言

钱穆

　　或许是我个人的性之所近吧！我从小识字读书，便爱看关于人生教训那一类话。犹忆十五岁那年，在中学校，有一天，礼拜六下午四时，照例上音乐课。先生弹着琴，学生立着唱。我旁坐一位同学，私自携着一册小书，放座位上。我随手取来翻看，却不禁发生了甚大的兴趣。偷看不耐烦，也没有告诉那位同学，拿了那本书，索性偷偷离开了教室，独自找一僻处，直看到深夜，要归宿舍了，才把那书送回那同学。这是一本曾文正公的家训。可怜我当时枉为了一中学生，连书名也根本不知道。当夜一宿无话，明天是礼拜日，一清早，我便跑出校门，径自去大街，到一家旧书铺，正在开卸门板，我从门板缝侧身溜进去，见着店主人忙问：有《曾文正公家训》吗？那书铺主人答道有。我惊异地十分感到满意。他又说，家训连着家书，有好几册，不能分开卖。那书铺主人打量我一番，说：你小小年纪，要看那样的正经书，真好呀！我听他说，又像感到了一种不可名状的喜悦和光荣。他在书堆上检出了一部，比我昨夜所看，书品大，墨字亮，我更感高兴。他要价不过几角钱，我把书价照给了。他问：你是学生吗？我答：是。哪个学校呢？我也说了。他说：你一清早从你学校来此地，想来还没有吃东西。就留我在他店铺早餐，我欣然留下了。他和我谈了许多话，说下次要什么书，尽来他铺子，可以借阅，如要买，决不欺我年幼，索高价。以后我常常去，他这一本那一本的书给我介绍，成为我一位极信任的课外读书指导员。他并说：你只爱，便拿去，一时没有钱，不要紧，我记在账上，你慢慢地还。转瞬暑假了，他说：欠款尽不妨，待明春开学你来时再说吧！如是我因那一部《曾文正公家训》，结识了一位书铺老板，两年之内，买了他许多廉价书。

似乎隔了十年，我在一乡村小学中教书，而且自以为已读了不少书。有一天，那是四月初夏之傍晚，独自拿着一本东汉书，在北廊闲诵，忽然想起曾文正公的家书家训来，那是十年来时时指导我读书和做人的一部书。我想，曾文正教人要有恒，他教人读书须从头到尾读，不要随意翻阅，也不要半途中止。我自问，除却读小说，从没有一部书从头通体读的。我一时自惭，想依照曾文正训诫，痛改我旧习。我那时便立下决心，即从手里那一本东汉书起，直往下看到完，再补看上几册。全部东汉书看完了，再看别一部。以后几十册几百卷的大书，我总耐着心，一字字，一卷卷，从头看。此后我稍能读书有智识，至少这一天的决心，在我是有很大影响的。

又忆有一天，我和学校一位同事说：不好了，我快病倒了。那同事却说：你常读《论语》，这时正好用得着。我一时茫然，问道：我病了，《论语》何用呀？那同事说：《论语》上不说吗？子之所慎，斋、战、疾。你快病倒了，不该大意疏忽，也不该过分害怕，正是用得着那

"慎"字。我一时听了他话，眼前一亮，才觉得《论语》那一条下字之精，教人之切。我想，我读《论语》，把这一条忽略了，临有用时不会用，好不愧杀人？于是我才更懂得《曾文正公家训》教人切己体察、虚心涵泳那些话。我经那位同事这一番指点，我自觉读书从此长进了不少。

我常爱把此故事告诉给别人。有一天和另一位朋友谈起了此事。他说：论语真是部好书，你最爱《论语》中哪一章？这一问，又把我愣住了。我平常读《论语》，总是平着散着读，有好多处是忽略了，却没有感到最爱好的是哪一章。我只有说：我没有感到你这问题上，请你告诉我，你最爱的是哪一章呢？他朗声地诵道：饭疏食，饮水，曲肱而枕之，乐亦在其中矣。不义而富且贵，于我如浮云。我最爱诵的是这一章，他说。我听了，又是心中豁然一朗，我从此读书，自觉又长进一境界。

凡属那些有关人生教训的话，我总感到亲切有味，时时盘旋在心中。我二十四五岁以前读书，大半从此为入门。以后读书渐多，但总不忘那些事。待到中学大学去教书，许多学生问我读书法，我总劝他们且看像《曾文正公家训》和《论语》那一类书，却感到许多青年学生的反应，和我甚不同。有些人听到孔子和曾国藩，似乎便扫兴了。有些偶尔去翻《家训》和《论语》，也不见有兴趣，好像一些也没有入头处。在当时，大家不喜欢听教训，却喜欢谈哲学思想。这我也懂得，不仅各人性情有不同，而且时代风气也不同。对我幼年时有所启悟的，此刻别人不一定也能同样有启悟。换言之，教训我而使我获益的，不一定同样可用来教训人。

【交流之窗】

钱穆先生在《人生十论》中处处提起《曾文正公家训》的作用，用如饥似渴来形容钱先生读《曾文正公家训》应该很恰当了。文中说："那是十年来时时指导我读书和做人的一部书。"一部书，可能给一个人打下人生的底色，这本家训的影响从此可见一斑。

我们仨（节选）

杨绛

我们俩老了

有一晚，我做了一个梦。我和锺书一同散步，说说笑笑，走到了不知什么地方。太阳已经下山，黄昏薄暮，苍苍茫茫中，忽然锺书不见了。我四顾寻找，不见他的踪迹。我喊他，没人应。只我一人，站在荒郊野地里，锺书不知到哪里去了。我大声呼喊，连名带姓地喊。喊声落在旷野里，好像给吞吃了似的，没留下一点依稀仿佛的音响。彻底的寂静，给沉沉夜色增添了分量，也加深了我的孤凄。往前看去，是一层深似一层的昏暗。我脚下是一条沙土路，旁边有林木，有潺潺流水，看不清楚溪流有多么宽广。向后看去，好像是连片的屋宇房舍，是有人烟的去处，但不见灯火，想必相离很远了。锺书自顾自先回家了吗？我也得回家呀。我正待寻觅归路，忽见一个老人拉着一辆空的黄包车，忙拦住他。他倒也停了车。可是我怎么也说不出要到哪里去，惶急中忽然醒了。锺书在我旁边的床上睡得正酣呢。

我转侧了半夜等锺书醒来，就告诉他我做了一个梦，如此这般；于是埋怨他怎么一声不响地撇下我自顾自走了。锺书并不为我梦中的他辩护，只安慰我说：那是老人的梦，他也常做。

是的，这类的梦我又做过多次，梦境不同而情味总相似。往往是我们两人从一个地方出来，他一晃眼不见了。我到处问询，无人理我。我或是来回寻找，走入一连串的死胡同，或独在昏暗的车站等车，等那末一班车，车也总不来。梦中恓恓惶惶，好像只要能找到他，就能一同回家。

锺书大概是记着我的埋怨，叫我做了一个长达万里的梦。

【交流之窗】

有很多同学都喜欢杨绛先生的《我们仨》，一个家庭中融洽、默契的氛围，是孩子健全人格形成的重要条件。这段选文则是其中伤感而又温馨的一段。杨绛先生有句话说得很好：年轻人总是想法太多读书太少。有的学生说"高中生还是应该读一读杨绛的书"。在网络小说和畅销书的冲击下，能够让学生这样热爱，可见是真好！

我们仨（十六）

自从迁居三里河寓所，我们好像跋涉长途之后，终于有了一个家，我们可以安顿下来了。

我们两人每天在起居室静静地各据一书桌，静静地读书工作。我们工作之余，就在附近各处"探险"，或在院子里来回散步。阿瑗回家，我们大家掏出一把又一把的"石子"把玩欣赏。阿瑗的石子最多。周奶奶也身安心闲，逐渐发福。

我们仨，却不止三人。每个人摇身一变，可变成好几个人。例如阿瑗小时才五六岁的时候，我三姐就说："你们一家呀，圆圆头最大，锺书最小。"我的姐姐妹妹都认为三姐说得对。阿瑗长大了，会照顾我，像姐姐；会陪我，像妹妹；会管我，像妈妈。阿瑗常说："我和爸爸最'哥们'，我们是妈妈的两个顽童。爸爸还不配做我的哥哥，只配做弟弟。"我又变为最大的。锺书是我们的老师。我和阿瑗都是好学生，虽然近在咫尺，我们如有问题，问一声就能解决，可是我们决不打扰他，我们都勤查字典，到无法自己解决才发问。他可高大了。但是他穿衣吃饭，都需我们母女把他当孩子般照顾，他又很弱小。

他们两个会联成一帮向我造反，例如我出国期间，他们连床都不铺，预知我将回来，赶忙整理。我回家后，阿瑗轻声嘀咕："狗窠真舒服。"有时他们引经据典的淘气话，我一时拐不过弯，他们得意说："妈妈有点笨哦！"我的确是最笨的一个。我和女儿也会联成一帮，笑爸爸是色盲，只识得红、绿、黑、白四种颜色。其实锺书的审美感远比我强，但他不会正确地说出什么颜色。我们会取笑锺书的种种笨拙。也有时我们夫妇联成一帮，说女儿是学究，是笨蛋，是傻瓜。

我们对女儿，实在很佩服。我说："她像谁呀？"锺书说："爱教书，像爷爷；刚正，像外公。"她在大会上发言，敢说自己的话。她刚做助教，因参与编《英汉小词典》，当了代表，到外地开一个极左的全国性语言学大会。有人提出凡"女"字旁的字都不能用，大群"左"派都响应赞成。钱瑗是最小的小鬼，她说："那么，毛主席词'寂寞嫦娥舒广袖'怎么说呢？"这个会上被贬得一文不值的大学者如丁声树、郑易里等老先生都喜欢钱瑗。

钱瑗曾是教材评审委员会的审稿者。一次某校要找个认真的审稿者，校方把任务交给钱瑗。她像猎狗般嗅出这篇论文是抄袭。她两个指头，和锺书一模一样地摘着书页，稀里哗啦地翻书，也和锺书翻得一样快，一下子找出了抄袭的原文。

一九八七年师大外语系与英国文化委员会合作建立中英英语教学项目，钱瑗是建立这个项目的人，也是负责人。在一般学校里，外国专家往往是权威。一次师大英语系新聘的英国专家对钱瑗说，某门课他打算如此这般教。钱瑗说不行，她指示该怎么教。那位专家不服。据阿瑗形容："他一双碧蓝的眼睛骨碌碌地看着我，像猫。"钱瑗带他到图书室去，把他该参考的书一一拿给他看。这位专家想不到师大图书馆竟有这些高深的专著。学期终了，他到我们家来，对钱瑗说："Yuan, you worked me hard."但是他承认"得益不浅"。师大外国专家的成绩是钱瑗评定的。

阿瑗是我生平杰作，锺书认为"可造之材"，我公公心目中的"读书种子"。她上高中学背粪桶，大学下乡下厂，毕业后又下放四清，九蒸九焙，却始终只是一粒种子，只发了一点芽芽。做父母的，心上不能舒坦。

锺书的小说改为电视剧,他一下子变成了名人。许多人慕名从远地来,要求一睹钱锺书的风采。他不愿做动物园里的稀奇怪兽,我只好守住门为他挡客。

他每天要收到许多不相识者的信。我曾请教一位大作家对读者来信是否回复。据说他每天收到大量的信,怎能一一回复呢。但锺书每天第一件事是写回信,他称"还债",他下笔快,一会儿就把"债"还"清"。这是他对来信者一个礼貌性地答谢。但是债总还不清。今天还了,明天又欠,这些信也引起意外的麻烦。

他并不求名,却躲不了名人的烦扰和烦恼。假如他没有名,我们该多么清静!

人世间不会有小说或童话故事那样的结局:"从此,他们永远快快活活地一起过日子。"

人间没有单纯的快乐。快乐总夹带着烦恼和忧虑。

人间也没有永远。我们一生坎坷,暮年才有了一个可以安顿的居处。但老病相催,我们在人生道路上已走到尽头了。

周奶奶早已因病回家。锺书于一九九四年夏住进医院。我每天去看他,为他送饭,送菜,送汤汤水水。阿瑗于一九九五年冬住进医院,在西山脚下。我每晚和她通电话,每星期去看她。但医院相见,只能匆匆一面。三人分居三处,我还能做一个联络员,经常传递消息。

一九九七年早春,阿瑗去世。一九九八年岁末,锺书去世。我们三人就此失散了。就这么轻易地失散了。"世间好物不坚牢,彩云易散琉璃脆。"现在，只剩下了我一人。

我清醒地看到以前当做"我们家"的寓所，只是旅途上的客栈而已。家在哪里，我不知道，我还在寻觅归途。

【交流之窗】

一个好的家庭，相互之间的信任交流，感情依赖弥足珍贵。相处时其乐融融，失去时空空落落！这三口之家在世人的心中，家人的温暖堪称楷模。家庭中默契的生活细节常常能够体现成员之间的和谐，这些是一个家存在的根本，这样的家庭是孩子安全的港湾。钱瑗的成长一定是得益于这样的家庭，得益于这肥沃的土壤。

梁启超家书（节选）

梁启超

致思成书

今天报纸上传出可怕的消息，我不忍告诉你，又不能不告诉你，你要十二分镇定着，看这封信和报纸。

我们总还希望这消息是不确的，我见报后，立刻叫王姨入京到林家探听，且切实安慰徽音的娘，过一两点她回来，或者有别的较好消息也不定。

林叔叔这一年来的行动，实亦有些反常，向来很信我的话，不知何故，一年来我屡次忠告，他都不采纳。我真是一年到头替他捏着一把汗，最后这一着真是更使我意外。他事前若和我商量，我定要尽我的力量扣马而谏，无论如何决不让他往这条路上走。他一声不响，直到走了过后第二日，我才在报纸上知道，第三日才有人传一句口信给我，说他此行是以进为退，请我放心。其实我听见这消息，真是十倍百倍地替他提心吊胆，如何放心得下。当时我写信给你和徽音，报告他平安出京，一面我盼望在报纸上得着他脱离虎口的消息，但此虎口之不易脱离，是看得见的。

前事不必提了，我现在总还存万一的希冀，他能在乱军中逃命出来。万一这种希望得不着，我有些话切实嘱咐你。

第一，你要自己十分镇静，不可因刺激太剧，致伤自己的身体。因为一年以来，我对于你的身体，始终没有放心，直到你到阿图利后，姊妹来信，我才算没有什么挂虑。现在又要挂虑起来了，你不要令万里外的老父为着你寝食不宁，这是第一层。徽音遭此惨痛，唯一的伴侣，唯一的安慰，就只靠你。你要自己镇静着，才能安慰他，这是第二层。

第二，这种消息，谅来瞒不过徽音。万一不幸，消息若确，我也无法用别的话解劝她，但你可以传我的话告诉她：我和林叔的关系，她是知道的，林叔的女儿，就是我的女儿，何况更加以你们两个的关系。我从今以后，把她和思庄一样地看待，在无可慰藉之中，我愿意她领受我这种十二分的同情，渡过她目前的苦境。她要鼓起勇气，发挥她的大才，完成她的学问，将来和你共同努力，替中国艺术界有点贡献，才不愧为林叔叔的好孩子。这些话你要用尽你的力量来开解她。

人之生也，与忧患俱来，知其无可奈何，而安之若命。你们都知道我是感情最强烈的人，但经过若干时候之后，总能拿出理性来镇住它，所以我不致受感情牵动，糟蹋我的身子，妨害我的事业。这一点你们虽然不容易学到，但不可不努力学学。

徽音留学总要以和你同时归国为度。学费不成问题，只算我多一个女儿在外留学便了，你们更不必因此着急。

民国十四年十二月二十七日

【交流之窗】

这封信，可以见得梁启超先生家书与孩子们谈得比较多的是家长里短、身体状况、时局状况、亲朋好友。作为一代哲人伟人，和孩子交流的时候态度之亲切，姿态之低，感情之切，心情之迫切，着实值得现在的家长学习。如果和孩子们相处的时候，动辄言语暴力、训诫、警告，其性情之暴躁、心情之糟糕、伤害之大可想而知。

给孩子们书

我昨天做了一件极不愿意做之事，去替徐志摩证婚。他的新妇是王受庆夫人，与志摩恋爱上，才和受庆离婚。实在是不道德至极。我屡次告诫志摩而无效。胡适之、张彭春苦苦为他说情，到底以姑息志摩之故，卒徇其请。我在礼堂演说一篇训词，大大教训一番，新人及满堂宾客无一不失色，此恐是中外古今所未闻之婚礼矣。今把训词稿子寄给你们一看。青年为感情冲动，不能节制，任意决破礼防的罗网，其实乃是自投苦恼的罗网，真是可痛，真是可怜！徐志摩这个人其实聪明，我爱他不过，此次看着他陷于灭顶，还想救他出来，我也有一番苦心。老朋友们对于他这番举动无不深恶痛绝，我想他若从此见摈于社会，固然自作自受，无可怨恨，但觉得这个人太可惜了，或者竟弄到自杀。我又看着他找得这样一个人做伴侣，怕他将来苦痛更无限，所以想对于那个人当头一棒，盼望他能有觉悟（但恐甚难），免得将来把志摩累死，但恐不过是我极痴的婆心便了。闻张歆海近来也很堕落，日日只想做官，志摩却是很高洁，只是发了恋爱狂——变态心理——变态心理的犯罪。此外还有许多招物议之处，我也不愿多讲了。品性上不曾经过严格的训练，真是可怕。我把昨日的感触，专写这一封信给思成、徽音、思忠们看看。

民国十五年十月四日

【交流之窗】

这一封信是关于做徐志摩证婚人一事。这段历史很多人都知道。在家书中，梁启超先生同孩子们进一步说出了自己真实的感受，可以和那段证婚词合起来看，从更多角度理解。平等交流，把孩子当做大人一样，坦诚地说出真情实感，这一点很重要。

给孩子们书

孩子们：

有件小小不幸事情报告你们，那小同同已经死了。他的病是肺炎，在医院住了六天，死得像很辛苦很可怜。这是近一个月来京津间的流行病，听说因这病死的小孩，每天总有好几个，初起时不甚觉得重大，稍迟已无救了。同同大概被清华医生耽搁了三天，一起病已吃药，但并不对症。克礼来看时已是不行了。我倒没有什么伤感，他娘娘在医院中连着五天五夜，几乎完全没有睡觉，辛苦憔悴极了。还好他还能达观，过两天身体以及心境都完全恢复了，你们不必担心。

当小同同病重时，老白鼻也犯同样的病。当时他在清华，他娘在城里，幸亏发现得早立刻去医，也在德国医院住了四天。现在已经出院四天，完全安心了。克礼说若迟两天医也很危险哩。说起来也奇怪，据老郭说，那天晚上他做梦，梦见你们妈妈来骂他道："那小的已经不行了，老白鼻也危险，你还不赶紧抱他去看，走！走！快走，快走！"就这样的把他从睡梦里打起来了。他那天来和我说，没有说做梦，这些梦话是他到京后和王姨说的。老白鼻夜里咳嗽得颇厉害，但是胃口很好，出恭很好，谅来没什么要紧罢。本来因为北京空气不好，南长街孩子太多，不愿意他在那边住，所以把他带回清华。我叫到清华医院看，也说绝不要紧，到底有点不放心。那天我本来要进城，于是把他带去，谁知克礼一看说正是现在流行最危险的病，叫在医院住下。那天晚上小同同便死了。他娘还带着老白鼻住院四天，现在总算安心了。你们都知道，我对于老白鼻非常之爱，倘使他有什么差池，我的刺激却太过了。老郭的梦虽然杳茫，但你妈妈在天之灵常常保护他一群心爱的孩子，也在情理之中，这回把老白鼻救转来是老郭一梦。实也功劳不小哩。

使馆经费看着丝毫办法没有，真替思顺们着急。前信说在外国银行自行借垫，由外交部承认担保，这种办法希哲有方法办到吗？望速进行，若不能办到，恐怕除回国外无别路可走，但回国也很难，不惟没有饭吃，只怕连住的地方都没有。北京因连年兵灾，灾民在城圈里骤增十几万，一旦兵事有变动（看着变动很快，怕不能保半年），没有人维持秩序，恐怕京城里绝对不能住，天津租界也不见安稳得多少，因为洋鬼子的纸老虎已经戳穿，哪里还能靠租界做避世桃源呢？现在武汉一带，中产阶级简直无生存之余地，你们回来又怎么样呢？所以我颇想希哲在外国找一件职业，暂时维持生活，过一两年再作道理。你们想想有职业可找吗？

前信颇主张思永暑期回国，据现在情形还是不来的好，也许我就要亡命出去了。

这信上讲了好些悲观的话，你们别要以为我心境不好，我现在讲学正讲得起劲哩，每星期有五天讲演，其余办的事，也兴会淋漓，我总是抱着"有一天做一天"的主义（不是"得过且过"却是"得做且做"），所以一样的活泼、愉快，谅来你们知道我的性格，不会替我担忧。

爹爹

民国十六年三月九日

【交流之窗】

和成年的孩子交流，梁启超先生把周围人的生老病死写入其中，真情流露，悲观不掩饰，伤感不节制。在《傅雷家书》中傅雷先生对孩子也是全盘托出，不保留，把孩子当作一个可谈感情，可以谈思想、谈艺术的对象。我们常说"孩子已经大了"，可以把真实的自己、真实的想法拿来和孩子交流。这个时代比那个时代更加成熟，我们应该更早和孩子好好交流。

致思顺书

顺儿：

一星期前由二叔处寄去美金五千想收，今再将副票寄上。十九日接思永信，言决二十一日离美返国，因京津间形势剧变，故即发电阻止。思永此次行止屡变，皆我所致，然亦缘时局太难捉摸耳。我现在作暑期后不复入京之计划，又打算非到万不得已时不避地国外，似此倒觉极安适。旬日实行休息，病又将痊愈（佳象为近三个月所无），近虽著述之兴渐动，然仍极力节制，决俟秋凉后，乃着手工作。顷十五舅在津，每日来家晚饭，饭后率打牌四圈至八圈，饭菜都是王姨亲做（老吴当二把刀）。达达等三人聘得一位先生专教国文，读得十二分起劲。据他们说读一日，比在校中读三四日得益更多也。那先生一面当学生，也高兴到了不得。

民国十六年六月二十三日

第二编
家族

【交流之窗】

家书的内容有时是很生活、很日常的。有一天，你上大学了，需要和家里人商量上学的花费。梁启超家书中，梁启超先生也是对这些事有所交代，顺便谈一些下一步计划、亲朋的情况。这些日常不是高大上的，却体现父亲温暖、无微不至的关心。大家的家书，实在具体。儿女的成长，与父母这种"三月暖阳"式的关爱关系密切。这些文章是从《梁启超家书》中摘取的，建议大家都买一本这样的书来读一读，梁启超和孩子们之间的这种交流，这种生活中的陪伴以及更重要的精神上的交流，真是我们应该学习的。包括书信这种形式，不妨试一试。

致思成书

这回上协和一个大当。他只管医痔，不顾及身体的全部，每天两杯泻油，足足灌了十天，把胃口弄倒了。临退院还给了两大瓶，说是一礼拜继续吃，若吃多了非送命不可。也是我自己不好，因胃口不开，想吃些异味炒饭、腊味饭，乱吃了几顿，弄得胃肠一塌糊涂，以致发烧连日不止（前信言感冒，误也）。人是瘦到不像样子，精神也很委顿，现由田邨医治，很小心，不乱下药，只是叫睡着（睡得浑身骨节酸痛），好容易到昨今两天热度才退完，但胃口仍未复原，想还要休息几日。古人谓"有病不治，常得中医"，到底不失为一种格言了。好在还没有牵动旧病。每当热度高时，旧病便有窃发的形势，热度稍降，旋即止息，像是勉强抵抗相持的样子。

姊姊和思永、庄庄的信都寄阅。姊姊被撵，早些回来，实是最可喜的事。我在病中想她，格外想得厉害，计算他们在家约在阳历七月，明年北戴河真是热闹了。

你营业还未有机会，不必着急，安有才到一两月便有机会找上门来呢？只是安心教书，以余力做学问，再有余力（腾出些光阴）不妨在交际上稍注意，多认识几个人。

我实在睡床睡怕了，起来闷坐，亦殊苦，所以和你闲谈几句。但仍不宜多写，就此暂止罢。

民国十七年十月十七日

【交流之窗】

1928年是梁启超先生去世前一年，正是重病在身的时候，他依然通过书信和孩子们悉心交流。一门三院士原来是这样培养出来的。这一封封的家书就是孩子们成长的土壤。梁启超先生的病是被误诊的，即使这样，他为了鼓励西学，没有一点儿怨言，对子女的宽厚，对社会发展的宽厚容让，皆是榜样。家庭是一个人成长的土壤，回归家庭，积极坦诚地和孩子交流。给孩子一封信，几封信，用真实的情感，平等的态度。孩子需要的不仅是物质给予，更多的是心灵安慰、精神指引和情感陪伴。

少年中国说（节选）

梁启超

故今日之责任，不在他人，而全在少年。少年智则国智，少年富则国富，少年强则国强，少年独立则国独立，少年自由则国自由，少年进步则国进步，少年胜于欧洲则国胜于欧洲，少年雄于地球则国雄于地球。红日初升，其道大光；河出伏流，一泻汪洋。潜龙腾渊，鳞爪飞扬；乳虎啸谷，百兽震惶；鹰隼试翼，风尘吸张。奇花初胎，矞矞皇皇；干将发硎，有作其芒。天戴其苍，地履其黄；纵有千古，横有八荒；前途似海，来口方长。美哉，我少年中国，与天不老；壮哉，我中国少年，与国无疆。

【交流之窗】

此篇震撼人心的《少年中国说》，气壮山河，振聋发聩。无数次被引用的"故今日之责任，不在他人，而全在少年。少年智则国智，少年富则国富，少年强则国强，少年独立则国独立，少年自由则国自由，少年进步则国进步，少年胜于欧洲则国胜于欧洲，少年雄于地球则国雄于地球"已成为至理名言。

傅雷家书（节选）

傅雷

一九五四年三月五日夜

音乐会成绩未能完全满意，还是因为根基问题。将来多多修养，把技术克服，再把精神训练得容易集中，一定可大为改善。钱伯伯前几天来信，因我向他提过，故说"届时当作牛听贤郎妙奏"，其实那时你已弹过了，可见他根本没知道。且钱伯母最近病了一星期，恐校内消息更隔膜。

我仍照样忙，正课未开场，旧译方在校对；而且打杂的事也多得很。林伯伯论歌唱的书稿，上半年一定要替他收场，现在每周要为他花四五小时。柯灵先生写了一个电影剧本又要我提意见。

【交流之窗】

有带着母亲体温的问候、关爱，也有带着父亲期待的叮嘱和要求。《傅雷家书》中总是有对傅聪学习成绩的关注，有艺术、学术、思想、情感各方面的探讨。

一九五四年三月十三日深夜

……川剧在沪公演，招待文艺界时送来一张票子，我就去看了，看后很满意。爸爸很想去观摩一下。到上星期公开售票，要排队购票，我赶着去买票，一看一条长蛇阵，只有望洋兴叹，就回家。总算文联帮忙，由唐弢替我们设法弄了二张，又有必姨送来二张，碰巧都是三月十日的，我们就请牛伯母及恩德一起去，他们大为高兴。那天正是你生日，牛伯母特为请我们到新雅吃饭吃面。他们真是周到。饭后就去观剧。一共有五出，《秋江》《赠绨袍》《五台会兄》《归舟投江》《翠香记》。我们看得很有味，做功非常细腻，就是音乐单调，那是不论京剧昆剧，都是一样的毛病；还有编剧方面，有些地方不够紧凑。大体上讲，这种地方戏是值得保存的。《秋江》里的老头儿，奇妙无比；《五台会兄》里的杨五郎，唱做都很感动人。本来爸爸这几天要写信给你，同你谈谈戏剧问题，尤其看了川剧后，有许多意见，可惜病了，等他好了会跟你谈的。

【交流之窗】

把"高大上"的艺术和琐碎的生活结合在一起，让孩子既容易接受，又受到了陶冶和提高，一举两得。

家园的守望

一九五四年三月十九日

你近来忙得如何？乐理开始没有？希望你把练琴时间抽一部分出来研究理论。琴的问题一时急不来，而且技巧根本要改。乐理却是可以趁早赶一赶，无论如何要有个初步概念，否则到国外去，加上文字的困难，念乐理比较更慢了。此点务要注意。

川戏中的《秋江》，艄公是做得好，可惜戏本身没有把陈妙常急于追赶的心理同时并重。其余则以《五台会兄》中的杨五郎为最妙，有声有色，有感情，唱做俱好。因为川戏中的"生"这次角色都差，唱正派的尤其不行，既无嗓子，又乏训练，倒是反派角色的"生"好些。大抵川戏与中国一切的戏都相同，长处是做工特别细腻，短处是音乐太幼稚，且编剧也不够好；全靠艺人自己凭天才去咂摸出来，没有经作家仔细安排。而且tempo（节奏）松弛，不必要的闲戏总嫌太多。

【交流之窗】

这一篇是傅雷先生和傅聪谈对艺术的一些看法，谈得非常坦诚。叶永烈先生评价说，《傅雷家书》是教孩子学习艺术的基本书，一点儿没有错。

一九五四年六月二十四日下午

亲爱的孩子：终于你的信到了！联络局没早告诉你出国的时期，固然可惜，但你迟早要离开我们，大家感情上也迟早要受一番考验；送君十里终须一别，人生不是都要靠隐忍来撑过去吗？你初到的那天，我心里很想要你二十以后再走，但始终守法和未雨绸缪的脾气把我的念头压下去了，在此等待期间，你应当把所有留京的琴谱整理一个彻底，用英文写两份目录，一份寄家里来存查。这种工作也可以帮助你消磨时间，省却烦恼。孩子，你此去前程远大，这几天更应当仔仔细细把过去种种作一个总结，未来种种作一个安排；在心理上精神上多作准备，多多锻炼意志，预备忍受四五年中的寂寞和感情的波动。这才是你目前应做的事。孩子，别烦恼。我前信把心里的话和你说了，精神上如释重负。一个人发泄是要求心理健康，不是使自己越来越苦闷。多听听贝多芬的第五，多念念克利斯朵夫里几段艰苦的事迹（第一册末了，第四册第九卷末了），可以增加你的勇气，使你更镇静。好孩子，安安静静的准备出国罢。一切零星小事都要想周到，别怕天热，贪懒，一切事情都要做得妥帖。行前必须把带去的衣服什物记在"小手册"上，把留京及寄沪的东西写一清账。想念我们的时候，看看照相簿。为什么写信如此简单呢？要是我，一定把到京时罗君来接及到团以后的情形描写一番，即使借此练练文字也是好的。

近来你很多地方像你妈妈，使我很高兴。但是办事认真一点，都望你像我。最要紧，不能怕烦！

【交流之窗】

傅雷先生教育观念的核心就是把孩子当作朋友对待，推心置腹，把他们当作大人对待，谈艺术、谈人生、谈自己的内心世界、谈前途未来，都不伪装不虚饰，不把孩子们看得很幼稚，与他们做真心的交流，而是一个"真"字，如本文中的谈话。文中尤为珍贵的是教孩子如何面对烦恼，如何增加勇气，细致入微，关怀备至。

一九五四年七月四日晨

孩子，希望你对实际事务多注意些，应办的即办，切勿懒洋洋地拖宕。夜里摆龙门阵的时间，可以打发不少事情呢。宁可先准备好了再玩。

也许这是你出国以前接到的最后一信了，也许连这封信也来不及收到，思之怆然。要嘱咐你的话是说不完的，只怕你听得起腻了。可是关于感情问题，我还是要郑重告诫。无论如何要克制，以前途为重，以健康为重。在外好好利用时间，不但要利用时间来工作，还要利用时间来休息，写信。别忘了杜甫那句诗："家书抵万金"！

【交流之窗】

现在很多同学在高中阶段或者大学不久就出国求学了，在国外有语言学习和专业学习的问题，更有文化隔阂等各种原因产生的孤独，看看这本家书，可能会静下心来，和自己的父母写一写家书。这些家书，在以后的岁月里都是一笔财富，就像我们今天看《傅雷家书》一样，它记录着孩子和家长共同的成长。傅雷先生的家书，情感细腻，在傅聪留学以后，他才倾吐了心中对儿子的不舍和思念。这些家书中有的是切实提出建议，对傅聪的时间安排以及语言学习、音乐学习给予恳切的帮助，有的是情感的抒发，只是一种思念或者愧疚，当然也有儿子长大后和父亲成为朋友，作为父亲发自内心的欣慰。

哈佛家训（节选）

[美国]威廉·贝纳德

学会爱你的亲人

有一个美籍非洲裔家庭，父亲去世后，他的人寿保险使儿女们获得了一万美元。母亲认为应该好好利用这笔遗产，在乡间买一栋有园子可种花的房子，让全家搬离哈林贫民区；女儿则想利用这笔钱去实现一个梦想——上医学院。

然而，大儿子却提出一个要求：他希望用这笔钱和朋友一起创业。他说，这笔钱将使他功成名就，并让家人的命运得到彻底改变。他承诺说，只要给他这笔钱，他将使家人多年来忍受的贫困得到补偿。

这是一个难以拒绝的要求。

母亲尽管感到不那么对头，还是决定把钱交给儿子，她承认他以前从来没有得到过这样的机会，他有理由获得这笔钱的使用权。

结果儿子的朋友很快携款而逃。

带着坏消息，失望的儿子只好告诉家人，梦想已经破灭，美好的生活已经没有可能。妹妹用各种难听的话对他冷嘲热讽，用每一个轻蔑的字眼来斥骂他。哥哥在她眼里几乎成了一钱不值的废物。

"我曾教过你，"当女儿骂得不知住口时，母亲打断她说，"我曾教过你要爱。"

"爱他？"女儿一脸惊讶，说，"他已经毫无可爱之处。"

"任何人总有他的可爱之处，"母亲说，"一个人假如不学会这一点，那你就什么也没学会。你为他落过一滴泪吗？我不是指为了我们全家失去了那一笔钱，而是为你哥哥，为你的亲兄长所经历的一切及他的不幸遭遇。孩子，你想一想，我们什么时候最应该去爱人？是当他们一切事情做得好上加好，让每一个人都感到满意的时候？假如是那样，你就远远没有学会，因为那根本不到时候。不，应当在他们遭受挫折，意志消沉，不再信任自己的时候。孩子，评价他人应该用中肯的态度。要知道，一个人穿越了多少风雨黑暗，才成为这样的人。"

幸福家庭不是一个人所能构成的，而是由每一个成员共同和谐演绎的，爱是家庭关系存在的基础，亲人之间的相互关爱是促进构建美满家庭的源泉。

当一个人看上去不再可爱时，仍然去爱他，这才是真正的爱。这样的爱，能拯救他人，也使自己的心灵得到净化和升华。一个连亲人都不爱的人，根本谈不上会爱身边的人和祖国。

【交流之窗】

"我们什么时候最应该去爱人？是当他们一切事情做得好上加好，让每一个人都感到满意的时候？假如是那样，你就远远没有学会，因为那根本不到时候。不，应当在他们遭受挫折，意志消沉，不再信任自己的时候，孩子，评价他人应该用中肯的态度，要知道，一个人穿越了多少风雨黑暗，才成为这样的人。"

"当一个人看上去不再可爱时，仍然去爱他，这才是真正的爱。这样的爱，能拯救他人，也使自己的心灵得到净化和升华。一个连亲人都不爱的人，根本谈不上会爱身边的人和祖国。"爱是生活的源泉，爱是家庭的根本，家庭是一个人生命的源泉，但是，如何去爱？我们从教育中得到的常常是道理和概念，非常缺少像《哈佛家训》里的这样生动的故事，这样春风化雨的教诲。真想买整本的《哈佛家训》来看，一个个熟悉的故事中有着文明需要的营养。如果一个人的家庭观念成熟了，这个人也就基本成熟了！所谓"路就在脚下"，是不是指"尊重自己的家庭，在家庭中修养自我，就是人生成熟幸福之路呢？"

勤奋是盖茨家族的硬道理

何怡男

　　我们了解了盖茨家族每一位成员，真正目的无非想知道比尔·盖茨的成功到底有几分是来自家庭教育，有几分来自个人努力。

　　2007年，腾讯网向世界首富比尔·盖茨提问期间，近2万名网友向盖茨提出了4000多个问题，其中问得最多的就是，他成功的主要原因是什么。比尔·盖茨的回答是："工作勤奋，我对自己要求很苛刻。"

　　在他给青少年的11条准则中，也有这么一条：事事自己动手。他说，在你出生之前，你的父母并非像现在这样乏味。他们变成今天这个样子是因为这些年来一直在为你付账单，给你洗衣服，听你大谈你是如何的酷。所以，如果你想消灭"寄生虫"来拯救雨林的话，还是先去清除你房间衣柜里的虫子吧。

　　哈佛商学院的案例曾这样描述比尔·盖茨："盖茨好像就住在办公室。他每天上午大约9点钟来到办公室后，就一直待到半夜，休息时间似乎就是为晚饭要了个比萨饼外卖。"

　　据说，比尔·盖茨在中国的时间被计算到秒，日程安排得非常紧。有一次，盖茨在6个小时内被安排了十几个签字仪式，中间只有3分钟的上厕所时间，后来盖茨不得不申请要求"10分钟的休息时间"。

毋庸置疑，盖茨家族是一个勤奋家族。天才的智商在这个家族中不能遗传，但勤奋的血液做到了代代相传。

【交流之窗】

天道酬勤。快速发展的信息社会中，对人本身的要求越来越高了，对人的压力负荷也会加大。在这种情况下，"分秒必争"成为不争的事实。比你优秀的人还比你努力，所以还等什么呢，勤奋是唯一的出路！

大传统与小传统

葛兆光

在西方国家，所谓大传统和小传统，也可以叫做"上层文化和下层文化，正统文化和民间文化，学者文化和通俗文化"。在所有的社会里，有一种属于少数上层文化人的文化传统，叫做"大传统"，它是经学院、寺庙的教育而形成的，哲学家、神学家等其他文化人的这个传统，是有意识培养和延续的产物，主要是通过有计划的设计过的教育而传播；但是，还有一种属于非文人的文化传统，它产生于日常生活，而且这种传统也没有人专门去培养和发展，它是自然生成的。

这种说法，在中国也大体适用。大传统在中国古代是由私塾、学校、书院的教育来传播的。现在受过新式学校教育的人可能会看不起私塾，虽然那些私塾先生很早以前就常常是文学讽刺的对象，比如鲁迅在《从百草园到三味书屋》里嘲笑先生摇头晃脑念"金叵箩"，但是，他们实际上在文化传播中是最重要的。这个大传统，就通过一些有财产、有教养的家庭环境的影响，和上层社会的通行规则，逐渐建立起来。在古代中国，一个在这样传统里生活的人，从小就受家塾教育，从小就读经典，长大考经典，成人以后按照经典的礼仪规则参加社会活动，依靠书信、诗词往来的必要知识，就形成互相认同的一个阶层。他们的行为、举止、谈吐是他们互相认同的标志，这个传统的延续，也由一代一代的教育来保证，同时，他们还通过科举考试、婚姻关系，使这个阶层保持开放性和流动性。

而民众有民众的传统，我们不要以为民众没有"知识"，他们只是没有书本的、抽象的、学校教出来的"知识"，实际上他们有另一套"知识"。这些知识构成小传统，而这些知识主要通过一些途径来传播。

乡土中国在几千年里已经形成一些习俗和规则，像亲与疏、责与戏、荣与耻、好与坏、怎么对人、如何做事，一个人在家中、在乡下、在和小时同伴一起玩的时候，就渐渐受到这样的教育，这种教育是无形的。

这些不识字或识字有限的人，也会受到文化阶层的影响，比如识字的人讲一些通俗的书，如福建的"礼生"、北方的"乡秀才"，在乡村是很尊重的。古代中国乡村有一个好习惯，就是对读书人的仰慕和尊敬。很多关于宗教信仰的知识和道理，被记录在民间善书、皇历、家族规约等里面。有时，乡村学校教书，在教书中间，不知不觉就把这些道理和知识传到了下层社会。

在农村的节庆日、祭祀日等，会有祠堂、婚礼、丧葬等仪式，那些仪式就告诉人们祖先的重要性，而祖先的重要就意味着家庭的重要。家庭放大就是家族，家族是互相认同和互相支持的共同体。

而仪式上的站位、先后次序，也传达了很多道理，比如男尊女卑、家族关系、父党母党、家族的中心和边缘、道德伦理的报应等。

乡村生活中很重要的，还有演戏、说书之类的娱乐活动，戏文、故事很有用,常常把最通俗也是最简单化了的伦理道德规则传达给大众。比如《四郎探母》,其中就有家庭与国家、个人、爱情和民族大义之间的大道理;《十五贯》,就有关于偷盗等的因果报应问题;《隔江救阿斗》,就传达了忠义的伦理。看了戏,人们就接受了这套知识和道理,他们常常会引用戏文说事,也会引用戏曲故事来教育小孩子。

所以,古代中国民众的小传统和上层社会的意识形态是不同的。

【 交流之窗 】

儒家思想,孔孟思想,是大传统;家族、家教、家训是小传统。随着现代化和城镇化的推进,人口流动的急剧增加,各种思想的碰撞,大的家庭组织逐渐松散,家庭观念这个小传统逐渐淡薄了。相信中华文化的博大精深,深植于华夏儿女心中的大小传统必将发扬光大。

第三编

家 乡

这里有奇奇怪怪的乡愁。

同样是对守乡守土的怀念和向往，这里的乡愁有的是被听到的，如流沙河《还是那一只蟋蟀》。他说只有中国人的耳朵才能够听得懂，你说是不是很奇怪，同样的声音，为什么只有中国人的耳朵才能懂？

同样听到的还有苏童的《雨和瓦》。在一个偶然的瞬间，他看到了一个场景，从此以后他对20年前的一场暴雨记忆犹新，对雨水情有独钟，"假如有铺满青瓦的屋顶，我不认为雨是恐怖的事物；假如你母亲曾经在雨声中为你缝制新衬衣，我不认为你会有一颗孤独的心。这就是我对于雨的认识。这也是我对于瓦的认识。"

有的乡愁是看到的，比如莫怀戚《家园落日》。"家园就是家园。人在家园看落日，万种感觉也许变幻不定，但有一种感觉却生死如一：那才是我的太阳啊！"

更多的，是深藏在心中永远回不去的乡愁，如蒋子龙《没有爹娘了，故乡就只能留在梦里》。

这一编还选了几首现代诗人笔下的小诗，里面有用诗人细腻深情的笔触写出的乡愁和家国。

最后，就是理性中的乡愁，如曹文轩先生的《前方》。前方总有一种东西在吸引着人们，于是乡愁就成为永恒的主题。

　　散文中听觉、视觉、味觉的乡愁到理性的乡愁，但愿读完之后让你的乡愁也有一定的着落。它们应该在一砖一瓦上，在一缕炊烟，一片落叶，一个场景中。

落叶是疲倦的蝴蝶

朱成玉

夕阳老去，西风渐紧。

叶落了，秋就乘着落叶来了。秋来了，人就随着秋瘦了。随着秋愁了。

但金黄的落叶没有哀愁，它懂得如何在秋风中安慰自己，它知道，自己的沉睡是为了新的醒来。

落叶有落叶的好处，可以不再陷入爱情的纠葛了；落叶有落叶的美，它是疲倦了的蝴蝶。我甚至感觉到落下来的叶子们轻轻地叫喊。

那一刻，我的心微微一颤，仿佛众多纷纷下落的叶子中的一枚。

我看到了故乡，看到了老家门前那棵生生不息的老树，看到了炊烟因为游子的归来而晃动。对于远走他乡的脚，对于飞上天空的翅膀，炊烟是永不能扯断的绳子。就像路口的大树，它的枝干指着许多的路，而起点只有一个，终点也只有一个，每个离开村庄的人，都带走了一片绿叶，却留下一条根。

我看到了故乡的山崖，看到石头在山崖上，和花朵一起争着绽放；看到羊在山崖上，和云一起争着飘荡。

我看到了我的屋檐，冬天时结满冰凌，夏天时絮满鸟鸣，一串红辣椒常常被看作是穷日子里的火种。守着屋檐上下翻飞的麻雀，总是那么和谐地与庄户人家好好地过着日子。时时刻刻缠绕着那颗在路上的心，就是这个屋檐。

我看到了母亲，为了不让我们在冬天里挨冻，她拾起一节节枯树的枝丫，犹如把那些破碎的日子一一点缀。然后，把温暖交到我们手上。母亲的柴垛越码越高，母亲却越来越矮。我看到母亲那对干瘪的乳房，像两只残缺不整的讨饭的碗，却为我们讨来了一生的盛宴。母亲在灶坑底下点燃的红色的昏暗的火焰，成了那些夜里我们唯一可以依靠的肩膀，唯一可以握住的暖暖的手。

叶落归根，是我老了吗？我们花了很多时间去争取财富，却很少有时间享受；我们有越来越大的房子，但却越来越少地住在家里；到月球然后回来，却发现到楼下邻居家都很困难；征服了外面的世界，对自己的内心世界却一无所知。

远行的人，是什么声音使你隐姓埋名？是什么风向将你吹往他乡？秋天就是这样，把叶子纷纷抖落，把人的思念纷纷挂上枝头。是该回去了，去看看那棵生下我、让我因成长而绿又让我因成熟而黄的大树，还有落叶里沉睡着的母亲。母亲，我匆匆的脚步就是您密密缝合的针脚。母亲，背着破烂行李的我要归来，找到了天堂的我也要归来。

一层层落叶铺在回家的路上，我要踩着温暖的地毯去看望母亲，母亲也像这落叶，从灿烂的枝头缓缓地落下来。只是，她没有再醒来。

这个世界，能留住人的不是房屋，能带走人的不是道路。岁月无法伸出一只手，替你抓住过往的云。如果一切还能重新拾捡回来，母亲，我要去拾取你的笑容、脚步和风，用你的爱做灯油，用你的善良做捻儿，我要点燃它，放到心里，一辈子不忘回家的路。

天冷了，树的叶子落下来，树离我很近。我似乎听见了它们在缓缓凝固。

天冷了，它们一排一排地站着，心中坚守着的秘密一阵阵地疼痛起来。但叶子落下来，掩盖了一切。

母亲去了，心灵没有了依靠，一下子就有了那种到处漏风的感觉。可是大风一直在刮，把故乡周围的尘土刮了个干净。我小小的故乡正在被秋天所包裹。

母亲的坟上有一棵树，那是我写给母亲的诗。每到秋天，叶子们就纷纷落下，把母亲的坟头遮盖得严严实实。那些在风中微微呻吟着的落叶，远远望去，像一群疲倦了的蝴蝶，静静地收拢着它们一生的美丽瞬间：一朵红晕，一个誓言，或者是简单的一声叹息。

【交流之窗】

安土重迁，叶落归根，是中华民族根深蒂固的思想观念，无论从前还是现在，思乡是永恒的主题，思乡的具体内容是什么呢？一草一木，一砖一瓦，一人一语，一声叹息。越是细节的，越是凝聚了浓浓乡情的：老树、山崖、屋檐、枝丫、落叶、尘土，还有那裹得严严实实的母亲的坟头。

阳光的香味

林清玄

我遇见一位年轻的农夫，在南方一个充满阳光的小镇。

那时是春末了，一期稻作刚刚收成，春日阳光的金线如雨倾盆地泼在温暖的土地上，牵牛花在篱笆上缠绵盛开，苦楝树上鸟雀追逐，竹林里的笋子正纷纷涨破土地。细心地想着植物突破土地，在阳光下成长的声音，真是人间里非常幸福的感觉。

农夫和我坐在稻埕旁边，稻子已经铺平张开在场上。由于阳光的照射，稻埕闪耀着金色的光泽，农夫的皮肤染了一种强悍的铜色。我在农夫家做客，刚刚是我们一起把谷包的稻子倒出来，用犁耙推平的，也不是推平，是推成小小山脉一般，一条棱线接着一条棱线，这样可以让山脉两边的稻谷同时接受阳光的照射，似乎几千年就是这样晒谷子，因为等到阳光晒过，八爪耙把棱线推进原来的谷底，则稻谷翻身，原来埋在里面的谷子全部翻到向阳的一面来——这样晒谷比平面有效而均衡，简直是一种阴阳的哲学了。

农夫用斗笠扇着脸上的汗珠，转过脸来对我说："你深呼吸看看。"

我深深地吸了一口气，缓缓吐出。

他说："你吸到什么没有？"

"我吸到的是稻子的气味，有一点香。"我说

他开颜地笑了，说："这不是稻子的气味，是阳光的香味。"

阳光的香味？我不解地望着他。

那年轻的农夫领着我走到稻埕中间，伸手抓起一把向阳一面的谷子，叫我用力地嗅，那时稻子成熟的香气整个扑进我胸腔，然后，他抓起一把向阴的埋在内部的谷子让我嗅，却是没有香味了。这个实验让我深深地吃惊，感觉到阳光的神奇，究竟为什么只有晒到阳光的谷子才有香味呢？年轻的农夫说他也不知道，是偶然在翻稻谷晒太阳时发现的，那时他还是大学生，暑假偶尔帮忙农作，想象着都市里多彩多姿的生活，自从晒谷时发现了阳光的香味，竟使他下决心要留在家乡。我们坐在稻埕边，漫无边际地谈起阳光的香味来，然后我几乎闻到了幼时刚晒干的衣服上的味道，新晒的棉被、新晒的书画，阳光的香气就那样淡淡地从童年流泻出来。自从有了烘干机，那种衣香就消失在记忆里，从未想过竟是阳光的关系。

农夫自有他的哲学，他说："你们都市人可不要小看阳光，有阳光的时候，空气的味道都是不同的。就说花香好了，你有没有分辨过阳光下的花与屋里的花。香气不同呢？"

我说："那夜来香和昙花的香又作何解呢？"

他笑得更得意了："那是一种阴香，没有壮怀的。"

我便那样坐在稻埕边，一再地深呼吸，希望能细细品味阳光的香

气，看我那样正经庄重，农夫说："其实不必深呼吸也可以闻到，只是你的嗅觉在都市里退化了。"

【交流之窗】

林清玄的乡愁在阳光的味道里，富有诗意，富有禅意。他是从嗅觉中感受到的乡愁，这样的审美角度非常独特。文章处处都有阳光，处处在写阳光，而阳光也正是乡愁中不可或缺的一个部分。它无所不在却又不易引起重视，感受它、体现它都需要细致入微的情感和平静的心态。

乡村的瓦

冯杰

乡村的瓦大都呈蓝色，那种蓝不是天蓝也不是海蓝，是近似土蓝；我们乡下有个词说得准确——"瓦蓝"。这个词属于瓦的专利。

在我的印象里，瓦是童年的底片，能冲洗出乡村旧事。

瓦更像是乡村房子披在身上的一面带羽的蓑衣，在苍茫乡村没有开始也没有结束的雨的清气里漂浮。若在雨日来临时刻，瓦会更显出自己独到的神韵与魅力。雨来了，那一颗颗大雨珠子，落在片片房屋的羽毛上，胆子大的会跳起，多情的会悄悄滋润到瓦缝；最后才开始从这面蓑衣上滑落，从屋脊上，再过渡到屋檐。浩浩荡荡穿越雨瓦的通道，下去，回归大地，从而完成一方方瓦存在的全部意义。

瓦有对称之美，任何人看到乡村的瓦，都会想到一个成语，叫"鳞次栉比"，如观黄河的鱼鳞与母亲的梳篦。瓦在骨子里是集体主义者，它们总是紧紧地扣着，肩并肩，再冻再冷也不松手。在冬天它们能感到彼此的体温，像肌肤相亲的爱人，贴得密不透风，正团结在月亮缓缓上升的乡村里。

当瓦还没有走上屋顶，生命里的"籍贯"一栏早就填上了，是两个粗拙的字，叫"乡村"，像一个孩子或者老人用颤巍巍的笔所写。是的，瓦更是一种对乡村的坚守。在瓦的记忆里，所有的飞鸟都是浪子与过客，都是浮云与苍狗。

籍贯属于乡村的瓦有一天走进城市，它晕头转向，无所事事，毫无用途。城市里的幻影夜色与激光霓虹拒绝它。有一片瓦迷路了。它被开往城市里的一辆大卡车用来垫上面的器物，最后被拉向城市，当它完成自己的使命时又被远远地抛弃在公路边。城市人就爱过河拆桥，瓦看看身上"籍贯"一栏，早已被风的手擦模糊了。

瓦上的风景只有一种，那就是"瓦松"，我们那里叫"蓝瓦精"。这称呼多气派啊！那些一棵棵站在瓦上的小小生灵，因为听风观雨的缘故，已经一位位聪明成精了。且慢，它们还是"乡间郎中"呢。乡村药谱如是说：瓦松，又名天蓬草、瓦莲草、向天草，清热解毒。我小时候得过恶性疟疾，久不见愈，姥姥就从旧屋顶上采到几棵瓦松，炖汁连服，止住了。

小时候我常在梦里想到，那些瓦松站在我外祖母的屋脊上，跷着脚丫，在我不知不觉的夜半时刻，正一颗颗摘星呢。那一柄北斗七星的长勺低低地垂落下来，一如在汲瓦松上一颗颗透清的露珠。终于，一不小心，有两颗最大的掉下来，缓缓地，落在我的眼角。

当我的灵魂有一天回归大地，就请瓦在上面扣上小小的一方，有你瓦的余温，还有你瓦的纹络。这一方故乡的小房子，泥与水组合的小房子，草气上飘摇的小房子，你罩着我。像谁夜半耳语：

"睡吧，孩子。这叫归乡。"

【交流之窗】

把浓浓的乡情，寄托在一片小小的瓦片上，联想到许许多多的瓦，但是最终魂牵梦萦的还是故乡的瓦。还乡情节，是现代文明剥离了人和原生环境之后的追寻，剥离之后，人们在光怪陆离的现代文明背后，苦苦寻找，最后，故乡的一砖一瓦，一草一木，皆成了守候在窗边的圆月，明亮而皎洁地挂在空中。

雨和瓦

苏童

　　二十年前的雨听起来与现在的有所不同,雨点落在更早以前出产的青瓦上,室内的人便听见一种清脆的铃铛般的敲击声。毫不矫饰地说,青瓦上的雨声确实像音乐,只是隐身的乐手天生性情乖张喜怒无常,突然地失去了耐心,雨声像鞭炮一样当空炸响,你怀疑如此狂暴的雨是否怀着满腔恶意,然后忽然它又倦怠了撒手不干了,于是我们只能听凭郁积在屋檐上的雨水以其惯性滴落在窗门外,小心翼翼的,怀着一种负疚的感觉。这时候沉寂的街道开始苏醒,穿雨衣或打雨伞的人踩着雨的尾巴,走在回家的路上。有个什么声音在那里欢呼起来:雨停啦!回家啦!

　　智利诗人聂鲁达是个爱雨的人,他说,雨是一种敏感、恐怖的力量。他对雨的观察和总结让我感到惘然。是什么东西使雨敏感?又是什么东西使雨变得恐怖?我对这个无意义的问题充满了兴趣。请想象一场大雨将所有行人赶到了屋檐下,请想象人们来到室内,再大的雨点也不能淋湿你的衣服和文件,那么是什么替代我们体会雨的敏感和恐怖呢?

　　二十年前我住在一座简陋的南方民居中,我不满意于房屋格局与材料的乏味，对家的房屋充满了一种不屑。但是有一年夏天我爬上河对面水泥厂的仓库屋顶，准备练习跳水的时候，我头一次注意了我家屋顶上的那一片蓝黑色的小瓦，它们像鱼鳞那样整齐地排列着，显出一种出人意料的壮美。对我来说那是一次奇特的记忆，奇特的还有那天的天气，一场暴雨突然来临，几个练习跳水的男孩索性冒雨留在高高的仓库顶上，看着雨点急促地从天空中泻落，冲刷着对岸热腾腾的街道和房屋，冲刷着我们的身体。

那是我唯一一次在雨中看见我家的屋顶，暴雨落在青瓦上，溅出的不是水花，而是一种灰白色的雾气，然后雨势变得小一些了，雾气就散了，那些瓦片露出了它简洁而流畅的线条。我注意到雨水与瓦的较量在一种高亢的节奏中进行，无法分辨谁是受害的一方。肉眼看见的现实是雨洗涤了瓦上的灰土，因为那些陈年的旧瓦突然焕发出崭新的神采，在接受这场突如其来的雨水冲洗后，它们开始闪闪发亮，而屋檐上的瓦楞草也重新恢复了植物应有的绿色。我第一次仔细观察了雨水在屋顶上制造音乐的过程，并且有了一个新的发现：不是雨制造了音乐，而是那些瓦对雨水的反弹创造了音乐。

说起来多么奇怪，我从此认为雨的声音就是瓦的声音，这无疑是一种非常唯心的认识，这种认识与自然知识已经失去了关联，只是与某个记忆有关。记忆赋予人的只是记忆，我记得我二十年前的家，除了上面说到的雨中的屋顶，还有我们家洞开的窗户，远远的我从窗内看见了母亲，她在家里，正伏在缝纫机上，赶制我和哥哥的衬衣。

现在我已不记得那件衬衣的去向了，我母亲也早已去世多年。但是二十年前的一场暴雨使我对雨水情有独钟，假如有铺满青瓦的屋顶，我不认为雨是恐怖的事物；假如你母亲曾经在雨声中为你缝制新衬衣，我不认为你会有一颗孤独的心。这就是我对于雨的认识。这也是我对于瓦的认识。

【交流之窗】

"雨是一种敏感、恐怖的力量。他对雨的观察和总结让我感到惘然。是什么东西使雨敏感？又是什么东西使雨变得恐怖？"而在作者的心中，20年前的经历，让他对雨情有独钟，他不认为雨是恐怖的东西，他不觉得雨是孤独的东西，前提是有铺满青瓦的屋顶，有母亲在雨声中为你缝制新衣。有母亲的时候，孩子就是不孤独的，在雨与瓦之间，母亲缝制新衣的模样永远定格在作者的心里。你的记忆中又有怎样的定格呢？

家园落日

莫怀戚

很久以来,我都有种感觉:同是那个太阳,落日比朝阳更富爱心。

说不清楚这是因为什么;当然也可能是:眼睁睁看它又带走一份岁月,英雄终将迟暮的惺惺惜惺惺,想到死的同时就想到了爱。

……这么说着我想起已到过许多地方,见过各种落日。

戈壁落日很大,泛黄古旧,半透明,边缘清晰如纸剪。此时起了风。西北一有风则苍劲。芨芨草用力贴紧了地,细沙水汽一般游走,从太阳那边扑面而来,所以感到风因太阳而起;恍惚之间,太阳说没了就没了,一身鬼气。

云海落日则很飘又很柔曼,宛若一颗少女心。落呀落,落到深渊了吧,突然又在半空高悬,再突然又整个不见了,一夜之后从背后起来。她的颜色也是变化的——我甚至见过紫色的太阳。这时候连那太阳是否属实都没有把握。

平原落日总是一成不变地渐渐接近地平线,被模糊的土地浸润似的吞食。吞到一半,人没了耐心,扭头走开。再回头,什么都没啦:一粒种子种进了地里。

看大海落日是在美国。或许因为是别人的太阳,总感到它的生分不遂意：你无论如何也看不到太阳是怎样浸进海水的，隔得还有一巴掌高吧，突然就粘在了一起——趁你眨眼的时候。这时美国朋友便骄傲地说，看，一颗水球在辉煌地接纳火球了。我说唔，唔唔。

说到底，我看得最多的，还是浅缓起伏的田野之上的落日。说起它就想起庄稼和回家的落日，普通得就像一个人。在我居住的中国川东，就是这种太阳。

我常常单骑出行，驻足国道，倚车贪看丘陵落日。那地势的曲线是多层的，颜色也一一过渡，从青翠到浓绿，从浓绿到黛青，而最接近夕阳之处则一派乳白，那是盆地特有的雾霭。

似乎一下子静了一阵，太阳就这样下来了；红得很温和，柔软得像泡过水，让我无端想起少女的红唇和母亲的乳头。

有时候有如带的云霞绕在它的腰际；

有时候是罗伞般的黄桷树成了它的托盘；

农舍顶上如缕的炊烟飘进去，化掉了；竹林在风中摇曳，有时也摇进去了。

……当路人不顾这一切时，我很焦急，很想说：喂，看哪！

两只小狗在落日里追逐；老牛在落日里舐犊……有一天有一个老农夹在两匹马之间，在光滑的山脊上走进了太阳。马驮着驮子。老农因为老了，上坡时就抓着前面的马尾巴。后面的马看见了，就将自己的尾巴不停地摇着。

我不禁热泪盈眶；一种无法描述的爱浸透全身。

这个迟暮的老农！他随心所欲的自在旷达让我羞愧……我突然想到就人生而言，迟暮只有一瞬，长的只是对迟暮的忧虑而已。

这个起伏田野上的落日啊……我曾经反复思索这种落日为什么特别丰富——曲线？层次？人物活动？抑或角度的众多？

最终承认：仅仅因为它是家园落日。

家园！这个毫无新意的单纯的话题！

家园的感觉何以如此？说不清。譬如在我生长的重庆——我心知凡是她能给予我的，其他地方也能给予；然而一切的给予，又都代替不了家园。

关于这个，一切的学术解释都是肤浅、似是而非的。只能说：家园就是家园。人在家园看落日，万种感觉也许变幻不定，但有一种感觉却生死如一：那才是我的太阳啊！

【交流之窗】

"家园落日"是一个特定的画面，在作者的心中就是浓浓的思乡之情。落日每个地方都有，作者单单喜欢家园落日，说：那才是我的太阳啊！这种注入生命的唯一的、排他的专注的爱，仅仅是因为那是我的故乡，这种情感不是可以用学术解释得清楚的。人生中有一些说不清道不明的感情却是那么刻骨铭心，乡情应该就是其中最为强大，终身铭记的情感吧！

乡 村

[俄国]屠格涅夫

六月的最后一天;漫漫一千俄里之内,都是俄罗斯大地——我的故乡。

茫茫长空匀净地碧悠悠;只有一片白云——仿佛是在轻轻飘浮,又似乎是在袅袅融散。微风敛迹,天气暖洋洋的……空气——就像刚刚挤出,还冒着丝丝热气的牛奶一样新鲜!

云雀在悠扬地歌唱;大嗉囊鸽子在咕咕叫唤;燕子在静悄悄地飞来掠去;马儿在喷着响鼻,不停地嚼着草;狗儿一声不吠地站在那里,温顺地轻摇着尾巴。

空气中弥漫着烟火味和青草味——其中还夹杂着一丝焦油味,一丝皮革味。大麻地里的大麻枝繁叶茂,郁郁青青,散发出一阵阵香烘烘、醉陶陶的气味。

一条坡度平缓的深深峡谷。两边的坡上长着几排爆竹柳,一棵棵树冠似盖,枝叶婆娑,下面的树干却都已龟裂了。一条小溪从谷底潺潺流过;波光粼粼,似乎可见水底的小石子在微微颤动。远处,天地合一的地方,一条大河就像连接天地的一道蓝莹莹的花边。

沿着峡谷——一面坡上是一个个整洁的小粮仓和一间间双门紧

闭的小库房；另一面则是五六家木板铺顶的松木农舍。每一家的屋顶上都高高竖着一根挂着椋鸟笼的竿子；每一家的小门廊上都钉着一匹鬃毛直竖的小铁马。……护窗板上信手涂画着一个个插满鲜花的带把高水罐。每一间农舍前都端端正正地摆着一条完好无损的小长凳；一只只猫像线团那样蜷缩在墙根附近的土台上，警觉地竖起透明的耳朵在细听……

我铺开一件披衣，躺在峡谷边沿；四周到处是整堆整堆刚刚割下的干草，清香扑鼻，让人心醉神迷。……睡在这干草堆上，那真是美滋滋的！

孩子们那头发卷曲的小脑袋，从每一个干草堆里纷纷钻出来；羽毛蓬松的母鸡在干草里翻寻小蚊蚋和小昆虫；一只白嘴唇的小狗崽在乱蓬蓬的草堆里翻来滚去地自在嬉耍。

几个长着亚麻色头发的小伙子，穿着干干净净、下摆上低低束着腰带的衬衫，蹬着笨重的镶边皮靴，胸脯靠在一辆卸了马的大车上，在伶牙利舌地相互取笑。

一个脸庞圆圆的少妇，从窗口探出头来张望；她笑盈盈的，不知是小伙子们的说笑让她忍俊不禁，还是乱草堆里孩子们的嬉闹使她笑逐颜开。

一个年老的主妇站在我面前，她身穿一件崭新的家织方格呢裙子，脚蹬一双新崭崭的厚靴子。空心大珠子串成的一条项链，在她那黑黝黝、瘦筋筋的脖子上绕了三圈；斑斑白发上系着一条带红点的黄头巾；老人的眼睛和蔼殷勤地微笑着；皱纹密布的脸上也堆满了笑容。嗨，这老人也许有七十岁了吧……不过，就是现在也依然看得出来：她当年是一个美人儿！

她把那被太阳晒得黝黑的右手五指大大张开，托着一罐直接从地窖里取出来的、未脱脂的冷牛奶；罐壁上凝着一层珍珠似的小小水珠。老人家把左手掌心里那一大块余温犹存的面包递给我，说："吃吧，随便吃点儿呀，过路的客人！"

一只公鸡突然咯咯地大叫起来，还起劲地不停扑扇着翅膀；作为回应，一头关在栏里的小牛犊慢慢悠悠地拖长调子"哞"了一声。

"啊，这燕麦长得多好呀！"我那马车夫的声音传了过来。

哦，自由自在的俄罗斯乡村生活，是多么富庶、安宁、丰饶啊！哦，它是多么的宁静和美满！

我不禁想到：皇城圣索菲亚大教堂圆顶上的十字架，还有我们城里人费尽心血所追求的一切，在这里又算得了什么呢？

1878年2月

【交流之窗】

你有没有曾经走出城市，到麦浪滚滚的农田，到炊烟袅袅的乡间，到刚刚收割了的田间地头去体验一下农家的生活？当然，不是到农家乐吃顿饭那么简单，也不是到农家去短暂地观光，旁观式地体验，而是踏踏实实地有一个月、一段时间在农家生活，实实在在地干些农活，体验日出而作日落而息、春种秋收的生活，体验辛苦劳作和耕耘，如果你敬重这样的生存，你会有一种纯朴的本色留在生命中。也就会体会到屠格涅夫为什么觉得："皇城圣索菲亚大教堂圆顶上的十字架，还有我们城里人费尽心血所追求的一切，在这里又算得了什么呢？"如果没有这样的生活经历的话，也是一种遗憾。中国几千年农业文明，如何切身去体会呢？

没有故乡的人是不幸的

阮殿文

这句话本应该这么说：没有失去过故乡的人是不幸的。但仔细想一想，觉得这样说也有道理。

没有离开过故乡，没有感受到故乡带来的多重滋味，跟没有故乡又有什么两样呢？

身在故乡，日子久了，你就会觉得故乡是枷锁，是牢笼，是火焰山，是沼泽，是魔鬼放在心上的一块巨石，是用火都烧不断的一根草绳，是每个失眠的夜晚一分一秒数着过的挣扎。这时的远方，则是音乐，是舞蹈，是天堂，是仙境，是沙滩，是海浪，是清风，是明月，是细雨，是彩虹，是陶醉，是浪漫，是鸟儿的歌唱，是草原的翠绿与辽阔，是你在梦中见过几百遍的仙女……

于是，被你在婴儿时搁置起来的梦想的翅膀开始展开，开始跃跃试飞。你要挣脱绳索，你要砸破牢笼，你要离开火焰山离开沼泽地离开这个地方。你开始背叛跟你一起长大的，你现在可以在下面乘凉的小树，你开始背叛为你解了十几年甚至二十年的渴的水井，你开始背叛故乡的人，你一心想遗弃它们，只为走进远方那个被你编制了千百遍的场景。你觉得自己是属于那个场景的，而不属于眼前的巴掌之地。

一个天刚蒙蒙亮的清晨,你终于走了,头也不回,就背一个小包,别的什么也没带。似乎这里的一切都不是你想要的,你要的都在远方,且已经在远方等你了。

你走得很干脆,像英雄出征。

故乡就这样输给了远方。

终于在离开故乡很远的地方待了下来,一个月,两个月,一年,两年,再两年……

你终于待不住了,你终于想起了故乡,你发觉故乡离你好遥远,你身在故乡时,远方离你都没有这么遥远。

你想靠近它,却早也无法靠近,梦中都很难抵达。

于是,你准备展开帮助你飞离故乡的翅膀,准备在一夜之间就飞回那个暖乎乎的地方,而这时,你突然发现翅膀不见了。你找遍全身,还是没有。你摸摸自己的肩膀,摸摸自己的手臂,摸摸自己的面孔,一切已经面目全非,你已经不再是原初的你。

你当然不知道翅膀是怎么离开的,尤其是为什么离开你。是啊,只因你一度沉迷于你已身在其中的远方而无暇照顾,翅膀在黯然神伤中回到了它起飞的地方。因为它只属于故乡。

你蹲在地上,你哭,你揩着眼角的泪水,谁也看不见。远方能让你尽情流泪,却不会为你揩擦泪水。

不像在故乡,那么多的目光看着你,那么多的手伸过来,你还没发现自己有泪,就已经有人为你擦干了。

你终于知道了故乡是什么味道，也知道了远方的味儿。于是你开心地笑，觉得自己是个幸福的人。你安慰自己说，不幸福的人，是那些没有失去过故乡的人，因为从严格意义说，他们还不知道故乡是一种什么样的味道，除非他们也像你一样把故乡丢失。

此刻，你一下子发现，故乡的每一草每一木都是自己的亲人，随便抱着故乡的一棵树，你会毫不犹豫地叫上一声娘。

这次，远方输给了故乡。

你突然像个乞讨者获得了一块黄金一样，在一个无人的夜晚，独自向家的方向走去。你想，你的脚就是翅膀，你愿意这样走回故乡。哪怕累死在还乡的路上也值得！

故乡是妻子，你觉得她破衣烂衫，蓬头垢面，可她最终能给你温暖。

远方是情人，你觉得她明亮光鲜，温馨浪漫，可她只是短暂的梦幻。

【交流之窗】

安土重迁是中国人的传统思想，金窝银窝不如自己的狗窝！离开家的人，总是有一种漂泊的感觉。北上广深居大不易，漂泊在外的人们难免想家！

没有爹娘了，故乡就只能留在梦里

蒋子龙

　　故乡是每一个人的伊甸园，它给了你生命的源头，让你知道自己是从哪儿来的。

　　我1955年夏天考到天津读中学。离开了家，才知道什么叫想家。出门在外反把家乡的千般好万般妙都想起来了，却已没有退路。若半途而废，将无颜见家乡父老。特别是后来的"遣送回乡"，变成一种严酷的政治惩罚，让人形同罪犯。久而久之，一般人对故乡的感情被异化，或被严重扭曲，一旦离开就很难再回去了。正由于此，至今60多年来，我做梦大多还是故乡的情景，特别是做好梦的时候。当然，那背景和色彩是我童年时故乡的样子。不仅故乡的形貌像刀刻般印在我脑子里，就连我们家那几块好地的形状和方位，我也记得清清楚楚……

　　我的老家是个大村子，南北狭长，村子中间有一条贯穿南北的主街，东西两侧各有一条铺街，每隔五天有集市。即便不是赶集的日子，一到晚上，羊杂碎汤、烤烧饼、豆腐脑、煎焖子的香味便从主街弥散开来，犒劳所有村民的鼻子。如果我表现得好，比如在全区会考中拿了第一，或者在秋凉草败的时节还能给牲口割回一筐嫩草，老娘就会给我三分钱和一个巴掌大的棒面饼子，让我去主街上，或喝羊汤，或吃焖子，任由我意。现在想起来还觉得齿颊生香。

在村西有一片茂密的松树林，那就是我心目中的"野猪林"。虽然没碰到过野猪，却不止一次见过拳头般粗的大蛇。有人放羊时躲到林子里乘凉，盘在树上的巨蟒竟明目张胆地吸走了羊羔。村东有一片深水，人们称它为"东坑"。据村里的老人讲，儿辈子没见它干过，大家都相信坑底一定有王八精。村北还有一片水域，那儿才是孩子们的乐园，夏天在里面洗澡、摸鱼捉虾，冬天在冰上玩耍。只有在干旱的年月，这片水域才会缩小成一个水坑，然而水面小了又容易"翻坑"，鱼把水搅混，混水又把鱼虾呛得动弹不得，鱼虾便将嘴伸到水面上喘气，这时人们下坑就跟捡鱼一样。有一回我下洼割草回来，正赶上"翻坑"，把筐里的草卸下来，下坑不一会儿就捞了大半筐的鱼。

还有瓜地、果园、枣林、满洼的庄稼、一年四季富于变化的色彩……如果世上有天堂，就该是自己的家乡。有一年暑期因贪玩误了回天津的火车，只好沿着南运河堤走到沧州站赶快车。河堤上下均是遮天蔽日的参天大树，清风习习，十分凉爽。古老的林带从沧州一直铺展到天津，于是我想好一个主意，来年暑假提前备好干粮，豁出去两三天时间，顺着森林走回老家。可惜第二年全国"大跃进"，我也要勤工俭学，不能再回家了。隔了许多年才有机会还乡，竟见识了真实版的"家乡巨变"：满眼光秃秃，护卫着南运河堤的千年老林消失了，我站在天津的站台上似乎就能看到沧州城。南运河在我的记忆中是一条童话般的长河，如今竟然只剩下干河床，里边长满野草，中间还可以跑拖拉机。

我的村子也秃了、矮了、干了，村头道边的大树都没了，几个滋润了我整个童年的大水坑也消失了……这让我失去了方位感，我不知该从哪儿进村，甚至怀疑这儿不是我梦牵魂绕的老家。最恐怖的是，紧靠村子的西边修了个飞机场，把村里最好的一片土地变成白晃晃的跑道，像一刀砍掉了半个村子。自那次回家后，我的思乡梦里就有了一道抹不掉的伤痕。

在我的记忆里，老家是很干净的，冬天一片洁白，到春天大雪融化后麦苗就开始泛绿，夏天葱绿，秋天金黄……那个年代的人们没有"垃圾"的概念，生活中也几乎没有垃圾。无论春夏秋冬，乡村人都起得很早，而清晨起来第一件事就是先将自己的庭院和大门外面打扫干净，把清扫出来的脏东西铲到粪堆上沤肥。而今还没进村子却先看到垃圾，村外的树枝上挂着丝丝缕缕、花花绿绿的脏东西，凡是沟沟坎坎的地方都堆积着跟城市里的垃圾一样的废弃物……我无法相信村子里怎么能产生这么多垃圾，抑或是沾了飞机场和沧州市的光？

这还是那个60多年来让我魂牵梦萦的故乡吗？如今似乎只剩下村名没变，其余的都变了。苍凉、麻木，无法触摸到故乡的心房，这让我觉得自己的所有思恋都是一种愚蠢。让我感到内心刺痛的还有家乡人的变化，有热情没有亲情，热情中有太多客气，客气里有拒绝、有算计。我有一个发了财的同乡，跟我商量要回乡投资，回报老家。我大喜，欢欣鼓舞地陪着他见老乡，商谈具体事宜。待到要真正付诸实现，始知连抬脚动步都是麻烦，已经谈好的事情说变就变，一变就是多要钱，乡里乡亲既恼不得也气不得，比他在别处上项目成本要高得多，效率也慢得多，而且估计最终难有好结果。同乡便擦干屁股，带着绝望逃离了故乡。

自那件事之后我也很少回老家了，这才知"家山万里梦依稀"不只是空间距离，更重要的是心理距离。"不是不归归不得，梦里乡关春复秋。"每到清明和除夕，夜深人静之后，我便到一偏僻十字路口，给父母和蒋家的列祖列宗烧些纸钱，口中念叨一些不肖子孙道歉该说的话。有时话说得多了难免心生悲凉。今夕为何夕，何乡说故乡？其实故乡就是爹娘，有爹娘在就有故乡，无论故乡变成什么样子。没有爹娘了，故乡就只能留在梦里了。

但故乡是一定要回去的。活着回不去，死了也得回去。西方人死后愿意见上帝，中国人死后希望能认祖归宗。我此生如果还有心愿，那就是死后能躺在父母身边。少年丧母后离家，累父亲牵挂，长大后当兵未能尽孝，到有了尽孝的条件，父亲又走了。这是我一辈子的心结。真希望死后能有另外一个世界，能让我好好地陪伴父母。然而改革开放后农村重新分配土地，把有蒋家祖坟的那块原本属于我们家的地分给了一个外姓人，蒋家后人分得的地里却有别人家的祖坟。我不知道村里为什么非要这样分地。如果我一直没有离开过老家，不管那户人家愿不愿意，我死后都得葬在蒋家坟圈子里。现在可就难说了,要得到外人的同意,要看人家的脸色,要多方买好……

即便我不顾一切、千方百计地争取百年后能回到故乡,也会给我的孩子们带来无穷的麻烦,他们若想看看我、给我扫墓,又会重新面对现代农村的潜规则……其实我心里很清楚,故乡要么终生不离不弃,一旦离开,再回去就难了。有一天晚上读向未神游的诗:"生我的人死了,养我的人死了,埋葬了父亲等于埋葬了故乡!处处他乡处处异乡,从此我一个人背着故乡,走啊走啊,看不到前面的路,蓦然回首也找不到来世的方向。"忽然,我的眼泪就下来了,情不自禁冲着故乡的方向跪倒,脑袋磕了下去……

【交流之窗】

刚刚到深圳工作的时候,一有假期,毫不犹豫的就是回家!从哪里飞来,又飞回哪里去,迫不及待。三五年以后,年龄大一些,拖累多一些,归家的脚步慢了一些。直到有一天,听一个朋友说:故乡,其实出来就回不去了,回去以后大家的观念和共同语言也少了,在自己家里也只像一个客人了。如果父母不在了,回去就显得很无聊了。十年、十五年之后,觉得这些话是有道理的,如这篇文章所言:故乡要么终生不离不弃,一旦离开,再回去就难了。

长城谣

席慕蓉

尽管城上城下争战了一部历史

尽管夺了焉支又还了焉支

多少个隘口有多少次悲欢啊

你永远是个无情的建筑

蹲踞在荒莽的山巅

冷眼看人间恩怨

为什么唱你时总不能成声

写你时不能成篇

而一提起你便有烈火焚起

火中有你万里的躯体

有你千年的面容

有你的云，你的树，你的风

敕勒川，阴山下

今宵夜色应如水

而黄河今夜仍然要从你身旁流过

流进我不眠的梦中

【交流之窗】

长城，对全中国人来说都是一个非常清晰的、集体无意识的符号，海角天涯、天南海北、世界各地的人，只要见到——Great Wall——就知道是"中国"。本诗中的黄河、长城、敕勒川、阴山，用诗的意象，诗的语言，把我们带进了"我的国，我的家——中国"。

就是那一只蟋蟀

流沙河

台湾诗人Y先生说:"在海外,夜间听到蟋蟀叫,就会以为那是在四川乡下听到的那一只。"

就是那一只蟋蟀

钢翅响拍着金风

一跳跳过了海峡

从台北上空悄悄降落

落在你的院子里

夜夜唱歌

就是那一只蟋蟀

在《豳风·七月》里唱过

在《唐风·蟋蟀》里唱过

在《古诗十九首》里唱过

在花木兰的织机旁唱过

在姜夔的词里唱过

劳人听过

思妇听过

就是那一只蟋蟀

在深山的驿道边唱过

在长城的烽台上唱过

在旅馆的天井中唱过

在战场的野草间唱过

孤客听过

伤兵听过

就是那一只蟋蟀

在你的记忆里唱歌

在我的记忆里唱歌

唱童年的惊喜

唱中年的寂寞

想起雕竹做笼

想起呼灯篱落

想起月饼

想起桂花

想起满腹珍珠的石榴果

想起故园飞黄叶

想起野塘剩残荷

想起雁南飞

想起田间一堆堆的草垛

想起妈妈唤我们回去加衣裳

想起岁月偷偷流去许多许多

就是那一只蟋蟀

在海峡这边唱歌

在海峡那边唱歌

在台北的一条巷子里唱歌

在四川的一个乡村里唱歌

在每个中国人脚迹所到之处

处处唱歌

比最单调的乐曲更单调

比最谐和的音响更谐和

凝成水

是露珠

燃成光

是萤火

变成鸟

是鹧鸪

啼叫在乡愁者的心窝

就是那一只蟋蟀

在你的窗外唱歌

在我的窗外唱歌

你在倾听

你在想念

我在倾听

我在吟哦

你该猜到我在吟些什么

我会猜到你在想些什么

中国人有中国人的心态

中国人有中国人的耳朵

1982年7月10日在成都

【交流之窗】

这首《就是那一只蟋蟀》，中心很明确——乡愁！从一个细微的角度出发，牵引出深藏于心的，深藏于一代人、几代人灵魂深处、感情深处的共同的东西——忘不了的乡愁，听不够的乡音。

前 方

曹文轩

⊙ 曹文轩　武更年绘

　　一辆破旧的汽车临时停在路旁，它不知来自何方？它积了一身厚厚的尘埃。一车人，神情憔悴而漠然地望着前方。他们去哪儿？归家还是远行？然而不管是归家还是远行，都基于同一事实：他们正在路上。归家，说明他们在此之前，曾有离家之举。而远行，则是离家而去。

　　人有克制不住的离家的欲望。

　　当人类还未有家的意识与家的形式之前，祖先们是在几乎无休止的迁徙中生活的。今天，我们在电视上，总是看见美洲荒原或者非洲荒原上的动物大迁徙的宏大场面：它们不停地奔跑着，翻过一道道山，穿过一片片戈壁滩，游过一条条河流，其间，不时遭到猛兽的袭击与追捕，或摔死于山崖、淹死于激流。然而，任何阻拦与艰险，也不能阻挡这声势浩大、撼动人心的迁徙。前方在召唤着它们，它们只有奋蹄挺进。其实，人类的祖先也在这迁徙中度过了漫长的光阴。

　　后来，人类有了家。然而，先前的习性与欲望依然没有寂灭。人还得离家，甚至是远行。

外面有一个广大无边的世界。这个世界充满艰辛，充满危险，然而又丰富多彩，富有刺激性。外面的世界能够开阔视野，能够壮大和发展自己。它总在诱惑着人走出家门。人会在闯荡世界之中获得生命的快感或满足按捺不住的虚荣心。因此，人的内心总在呐喊：走啊走！

离家也许是出自无奈。家容不得他了，或是他容不得家了。他的心或身抑或是心和身一起受着家的压迫。他必须走，远走高飞。因此，人类自有历史，便留下了无数逃离家园，结伴上路，一路风尘，一路劳顿，一路憔悴的故事。

人的眼中、心里，总有一个前方。前方的情景并不明确，朦胧如雾中之月，闪烁如水中之屑。这种不确定性，反而助长了人们对前方的幻想。前方使他们兴奋，使他们行动，使他们陷入如痴如醉的状态。他们仿佛从苍茫的前方，听到了呼唤他们前往的钟声和激动人心的鼓乐。他们不知疲倦地走着。

因此，这世界上就有了路。为了快速地走向前方和能走向更远的地方，就有了船，有了马车，有了我们眼前这辆破旧而简陋的汽车。

路连接着家与前方。人们借着路，向前流浪。自古以来，人类就喜欢流浪。当然也可以说，人类不得不流浪。流浪不仅是出于天性，也出于命运。是命运把人抛到了路上——形而上一点说。因为，即便是许多人终身未出家门，或未远出家门，但在他们内心深处，他们仍然有无家可归的感觉，他们也在漫无尽头的路上。四野茫茫，八面空空, 眼前与心中, 只剩下一条通往前方的路。

人们早已发现, 人生实质上是一场苦旅。坐在这辆车里的人们, 将在这样一辆拥挤不堪的车里, 开始他们的旅途。我们可以想像: 车吼叫着, 在坑洼不平的路面上颠簸, 把一车人摇得东歪西倒, 使人一路受着皮肉之苦。那位男子手托下巴, 望着车窗外, 他的眼睛里流露出一个将要开始艰难旅程的人所有的惶惑与茫然。钱锺书先生的《围城》中也出现过这种拥挤的汽车。丰子恺先生有篇散文, 也是专写这种老掉牙的汽车的。他的那辆汽车在荒郊野外的半路上抛锚了, 并且总是不能修好。他把旅途的不安、无奈与焦躁不宁、索然无味细细地写了出来: 真是一番苦旅。当然, 在这天底下, 在同一时间里, 有许多人也许是坐在豪华的游艇上、舒适的飞机或火车上进行他们的旅行的。他们的心情就一定要比在这种沙丁鱼罐头一样的车中的人们要好些吗? 如果我们把这种具象化的旅行, 抽象化为人生的旅途, 我们不分彼此, 都是苦旅者。

人的悲剧性实质, 还不完全在于总想到达目的地却总不能到达目的地, 而在于走向前方、到处流浪时, 又时时刻刻地惦念着正在远去和久已不见的家、家园和家乡。就如同一首歌唱到的那样: 回家的心思, 总在心头。中国古代诗歌, 有许多篇幅是交给思乡之情的:"日暮乡关何处是? 烟波江上使人愁。"(崔颢)"近乡情更怯, 不敢问来人。"(宋之问)"还顾望旧乡, 长路漫浩浩。"(《古诗十九首》)"家在梦中何日到, 春来江上几人还。"(卢纶)"不知何处吹芦管, 一夜征人尽望乡。"（李益）"未老莫还乡，还乡须断肠。"（韦庄）……悲剧的不可避免在于：人无法还家；更在于：即便是还了家，依然还在无家的感觉之中。那位崔颢，本可以凑足盘缠回家一趟，用不着那样伤感。然而，他深深地知道，他在心中想念的那个家，只是由家的温馨与安宁养育起来的一种抽象的感觉罢了。那个可遮风避雨的实在的家，并不能从心灵深处抹去他无家可归的感觉。他只能望着江上烟波，在心中体味一派苍凉。

这坐在车上的人们，前方到底是家还是无边的旷野呢？

【交流之窗】

"茕茕白兔，东奔西顾。衣不如新，人不如故。"在文明中前行的人，也总是在不停地回头看，烟波江上一片苍凉。无论是在拥挤的沙丁鱼罐头式的车厢里前行的人，还是豪华游艇上前行的人，都是苦旅者。"走向前方、到处流浪时，又时时刻刻地惦念着正在远去和久已不见的家、家园和家乡"，乡愁是永恒的主题，无关衣锦还乡还是寄人篱下，既然无所回避，不如坦然接受。

一切的生命离不开土地

周国平

◎ 周国平　莫凡绘

　　一个人的童年，最好是在乡村度过。一切的生命，包括植物、动物、人，归根到底来自土地，生于土地，最后又归于土地。上帝对亚当说："你是用尘土造的，你还要归于尘土。"在乡村，那刚来自土地的生命仍能贴近土地，从土地汲取营养。童年是生命蓬勃生长的时期，而乡村为它提供了充满同样蓬勃生长的生命的环境。农村孩子的生命不孤单，它有许多同伴，它与树、草、野兔、家畜、昆虫进行着无声的谈话，它本能地感到自己属于大自然的生命共同体。相比之下，城里孩子的生命就十分孤单，远离了土地和土地上丰富的生命，与大自然的生命共同体断了联系。在一定意义上，城里孩子是没有童年的。

　　当我现在记述着我的种种童年琐事的时候，我深感惭愧。事实上，我是在自曝我的童年生活的贫乏和可怜。所幸的是，当时我的祖辈中还有人住在乡下，父母时常带我去玩，使得我的童年不致与乡村完全隔绝。尽管那乡下不过是上海郊区而已，但是，每年在那里暂住的几天已足以成为我一年中最快活的日子了。

　　那是一个叫周沈巷的村子，离徐家汇不远，随着都市的迅速扩展，现在它早已不复存在。当时那里住着我的外婆、祖母和一个姑妈，她们的家挨得很近，沿着同一条小河走几分钟，就可以从这一家到达那一家。

孩子到了乡村，所注意的往往不是庄稼和风景，而是大人不放在眼里的各种小生物。春天的水洼里有蝌蚪，每年我都要捕捞一些，养在瓶子里，看它们摇着细尾巴活泼地游动，心里的喜悦要满溢出来。夏天的田野则是昆虫的天下。一定是很小的时候，也许还没有上学，有一次在乡下，姐姐神秘地告诉我，田里有"得蜢"。她其实说的是蚱蜢，因为发音不准，说成了"得蜢"。我好奇地跟她到田里，一起小心翼翼地捕捉，那是我第一次看见蚱蜢。我更喜欢捉一种叫作金虫的甲虫。仲夏季节，拨开玉米叶子，便可发现它们挤成一团，正在啃食刚刚结成的玉米穗。金虫有金色的硬壳，蚕豆大小，用一根细线拴住它，让它悬空，它就扇开薄翅飞起来，发出好听的嗡嗡声。由于它爱啃西瓜皮，捉住了能养好些天。年龄稍大，我喜欢捉蟋蟀。它们往往躲在烂草堆下，翻开后四处乱跳，一眨眼就不见了，不容易捉到。最好是在夜里行动，用手电筒光能够把它们镇住。捉住后塞进自制的小纸筒，再选出模样精悍的养在小竹筒里或瓦罐里，和别的孩子玩斗蟋蟀。

在我眼里，乡下什么都和城里不一样，一切都是新奇的。喝的是井水，倘若在雨天，井水是浑浊的，往水桶里放一块明矾，便神奇地变得清澄了。潮湿的河边布满小窟窿，从中钻出一只只螃蟹，在岸上悠闲散步。林子里蝉声一片，池塘边蛙声起伏。那些池塘，母亲说里面有溺死鬼，会把小孩拖下去淹死的，使我感到既恐惧又神秘。还有夜间在草丛里飞舞的小火光，分不清是萤火虫还是鬼火，也给乡村罩上了一层神秘的气氛。

夏季是下乡的最佳季节，不但万木茂盛，而且可以一饱口福。所谓一饱口福，其实年年都是三样东西：露黍、玉米和南瓜。露黍形似高粱秆，比甘蔗细得多，味同甘蔗。新玉米当然鲜嫩可口。坐在屋外嚼着啃着，屋里飘来南瓜的香味。南瓜是在灶火上蒸的，大铁锅里只放少许水，一块块南瓜贴在锅壁上，实际上是连蒸带烤，蒸得瓜瓤红亮润口，烤得瓜皮焦黄香脆。尝鲜之后，照例要把这三样东西带一些回城，把乡村的滋味延续若干天。当年商业不发达，在城里是买不到这些东西的。

每次到乡下，我们多半住在外婆家里。当然，因为外婆疼爱我们。可是，我不喜欢外公，甚至怕他。在我的印象中，他总是坐在一张红木桌前，一边不停地咳嗽吐痰，一边写毛笔字。看见我们，他不理睬，只是从老花镜片后抬起眼睛，严厉地盯我们一眼。在我七八岁时，一天夜晚，我们全家已经入睡，三舅突然来我家报告外公的死讯，说完匆匆去乡下了。第二天，母亲只带我去乡下，这是我生平第一次奔丧。一进村子，母亲逢人总是说同一句话："爹爹死了，怎么办呢？"我听了还以为也许有办法让外公活过来，要不她为什么总这样问呢。外婆一见我们就大哭，使我意识到毫无办法，外公是死定了。屋里一片忙乱，有许多来帮忙的人。饭桌上摆着酒菜，我摸了一下桌旁的长凳，立刻遭到训斥，说是不准碰的。我感到无趣，独自走进里屋，那里光线

家乡　第三编

149

很暗，隐约可见一张床上躺着一个人，旁边燃着蚊香。我想走近看，又不敢，出去找母亲，问她那是谁，她说就是外公，把我吓了一跳。外婆一遍遍叹气，说就是一口痰堵住了，否则不会死。夜里，我和母亲睡在里屋另一张床上，外婆则睡在白天停放尸体的床上。尼姑们在外屋作超度，念经声和木鱼声响了一夜。这些声音比死人更令我恐惧，我整整一夜没有合眼，蜷曲在母亲身边，不住地颤抖。

外公死后，外婆进城与三舅同住，我们去乡下就比较少了。有时候，父亲带我们去看祖母。和祖母住在一起的还有曾祖母，老太太活到九十岁，最后一年精神失常，不能辨认所有亲属，又好像认识一切人，见了谁都疯言疯语，十分可爱。我上高中时，祖母也死了，此后我没有再去乡下。

【交流之窗】

这是一个很纠结的问题，作者说："一个人的童年，最好是在乡村度过。一切的生命，包括植物、动物、人，归根到底来自土地，生于土地，最后又归于土地。"这也许是上一辈人的情感吧。90后、00后的朋友们在春节归家的时候，离开wifi，离开空调，离开互联网，似乎很无聊，走出去，看到老屋、青砖和走亲访友的客套，似乎已经索然无味。是离开土地太久还是本身与乡土就没有很深的感情呢？这是值得思考的问题。

第四编

家 国

当你有个比较长的假期，可以到内蒙古大草原上骑马放牧，在美丽的蒙古包外数星星；也可以到一望无际的戈壁草原，天山南北，在新疆这个瓜果飘香的地方尽情徜徉；你可以到云贵高原体会多民族风情特色，也可以去青藏高原，和蓝天白云来一场约会，洗涤心灵，接近自然。

在这一编中，霍达的《穆斯林的葬礼》，带着我们体会回族人心中的信仰以及朝觐的历程；张承志《黑骏马》带你体会在蓬勃青春、激扬蒙古包中，生命至上和价值至上两种不同文化心理的艰难取舍；阿来的《尘埃落定》，藏族风情十足，叙述了一个傻乎乎的土司眼中的生活；《狼图腾》带你走进一个粗犷、豪放、野性、自由且令人肃然起敬的地方。在他们的作品中展现着不同的地域特点、民族性格和写作风格，诉说着不同的经历。

本编所选，还有"但使龙城飞将在，不教胡马度阴山"飞将军李广。在《史记》记载的诸位将军中，李广将军是深得民心，身先士卒，出生入死在所不惜，不慕名利却最后被小人陷害的典型人物。还有坚守节操，忠心为主，矢志不渝的苏武；有冻死不拆屋，饿死不掳掠，岳母刺字，精忠报国的岳飞；有文武双全，身擒敌首，六出抗金的辛弃疾；忧国忧民，"艰难苦恨繁霜鬓"的杜甫。

空谈误国，实干兴邦，天下兴亡，匹夫有责。邓稼先等老一辈科学家放弃国外优厚的待遇，回国尽力，在贫瘠的土地上，在简陋的环境中叙写下感人至深的篇章！他们的选择，让人敬仰！

人类历史发展的过程，是战争与和平交替出现的过程。战争与和平是一个没法绕过的话题。在本编中，编者特意选编了一些有关战争与和平的文章。诺贝尔生理学或医学奖得主阿尔伯特·圣捷尔吉在他的著作《疯猿》中写道：在两次大战之间，在殖民主义的高峰，强权就是道理，就是力量，弱者理应屈服于强者。甘地出现了，不费一枪一弹，把世界上最强大的政权赶出了印度。他教会了世界人民，某些事物高于武力，甚至高于生命本身。他向世人证明，强权已然失去了它原有的效力。

以怨报怨是本能，以直报怨是理性，以德报怨是高尚。曼德拉所说的"宽容"，弥足珍贵。无论是何种民族，何种肤色，何种信仰，相互尊重，放下仇恨，走向和平，才是人间正道。

史记·李将军列传（节选）

司马迁

后二岁，大将军、骠骑将军大出击匈奴，广数自请行，天子以为老，弗许；良久乃许之，以为前将军。是岁，元狩四年也。

广既从大将军青击匈奴，既出塞，青捕虏知单于所居，乃自以精兵走之，而令广并于右将军军，出东道。东道少回远，而大军行水草少，其势不屯行。广自请曰：“臣部为前将军，今大将军乃徙令臣出东道，且臣结发而与匈奴战，今乃一得当单于，臣愿居前，先死单于。”大将军青亦阴受上诫，以为李广老，数奇，毋令当单于，恐不得所欲。而是时公孙敖新失侯，为中将军从大将军，大将军亦欲使敖与俱当单于，故徙前将军广。广时知之，固自辞于大将军。大将军不听，令长史封书与广之莫府，曰：“急诣部，如书。”广不谢大将军而起行，意甚愠怒而就部，引兵与右将军食其合军出东道。军亡导，或失道，后大将军。大将军与单于接战，单于遁走，弗能得而还。南绝幕，遇前将军、右将军。广已见大将军，还入军。大将军使长史持糒醪遗广，因问广、食其失道状，青欲上书报天子军曲折。广未对，大将军使长史急责广之幕府对簿。广曰：“诸校尉无罪，乃我自失道。吾今自上簿。”

至莫府，广谓其麾下曰："广结发与匈奴大小七十余战，今幸从大将军出接单于兵，而大将军又徙广部行回远，而又迷失道，岂非天哉！且广年六十余矣，终不能复对刀笔之吏。"遂引刀自刭。广军士大夫一军皆哭。百姓闻之，知与不知，无老壮，皆为垂涕。而右将军独下吏，当死，赎为庶人。

【交流之窗】

鲁迅先生所言"史家之绝唱，无韵之离骚"非常精准地概括了《史记》的价值。《李将军列传》又是其中最值得读的篇目，不仅因为司马迁因李陵事件入狱，更因为文中体现了司马迁的春秋笔法以及爱憎褒贬。司马迁痛恨刀笔吏，同时对这些高高站起在沙场却又倒在腐儒口舌之下的英雄人物的遭遇给予深深的同情。"桃李不言，下自成蹊"，也许是司马迁在借李广将军抒发自己的愤懑。在敦煌有一种杏子，称为"李广杏"，便是以飞将军李广命名，可见。历史上百姓对飞将军爱戴之深。"但使龙城飞将在，不教胡马度阴山"，气壮山河的句子，让人想起多少英雄往事！

汉书·李广苏建传（节选）

班固

卫律知武终不可胁，白单于。单于愈益欲降之。乃幽武，置大窖中，绝不饮食。天雨雪。武卧啮雪，与毡毛并咽之，数日不死。匈奴以为神，乃徙武北海上无人处，使牧羝。羝乳乃得归。别其官属常惠等，各置他所。武既至海上，廪食不至，掘野鼠去草实而食之。杖汉节牧羊，卧起操持，节旄尽落。积五、六年，单于弟於靬王弋射海上。武能网纺缴，檠弓弩，於靬王爱之，给其衣食。三岁余，王病，赐武马畜、服匿、穹庐。王死后，人众徙去。其冬，丁令盗武牛羊，武复穷厄。

【交流之窗】

苏武在西域牧羊19年，不改变气节，最终归汉的故事，广为流传。无论敌人利诱还是刀刃相向，无论是苦寒的自然条件还是人为嫁祸，苏武都没有改变自己的意愿，这种坚守这种信仰，这种爱国忠君的情怀，令人敬仰。

岳飞是杰出的战略家和军事家

邓广铭

　　自从绍兴三年（1133）为始，南宋政府就把东起江州、西至荆州、北边包括长江北岸一些州县，分划为一个军区，指定由岳飞负责防守。长江的下游，淮南东西两路，则由刘光世、韩世忠和张俊分别负责。在南宋的这几支部队当中，只有岳家军曾连续对伪齐和金国的南侵军采取过主动的攻势；另外的那几支，只是当敌军攻入防区之内时，才被动地进行一些军事周旋，有时还必须岳家军前往支援，才可以招架得住。这说明，在南宋王朝的正规军队当中，唯有岳家军的战斗力最为强大。

　　岳家军的战斗实践，证实了它的战斗力之特别强大。至其所以特别强大的原因所在，固与岳飞平素的操练和教阅分不开，而更加重要的，则是因为具备了下述两个条件。这两个条件，都具体反映出来，岳飞是如何地要把他的部队与人民大众紧密联系起来；从而还具体反映出来，岳飞确实是一个卓荦不群的战略家和军事家。

　　岳家军的风纪之好，不但为南宋诸军之冠，在中国古代历史上也少有其比。南宋初年几员大将的部队，一般说来，军行所至总都不免勒索财帛，驱掳丁壮，掠人妻女，居人庐舍，岳飞的部队却独独不是如此。他们平时全居住在军营当中，街巷中很少有出外游逛的士兵。在行军途中，则"夜宿民户外，民开门纳之，莫敢先入。晨起去，草苇无乱者"（王自中《鄂州忠烈行祠记》，自《金佗续编》卷三〇转引）。他们始终坚守着"冻死不拆屋，饿死不打掳"的戒条。在赵构奖励岳飞的许多诏令当中，几乎每一次都称赞他的治军有法和纪律严明，例如夸奖他"师行而耕者不变"，"涉千里之途而樵苏无犯"，等等。对别的将帅虽也颁发过很多奖励诏令，却很少用这样的词句，唯独对岳飞的诏令中才使用，这正好证明，岳家军的纪律必非其同时诸将帅部队之所能及。而也正是这一缘由，才使得岳家军到处受到广大人民的欢迎、爱戴与合作。

荆湖北路的人民，在岳飞被害之后，不顾权奸秦桧的凶焰如何高涨，也不怕会因此引惹出什么麻烦和灾祸，百分之九十以上的人家，全都画了岳飞的像在家中加以供奉。他们还把岳飞的一些事迹，编成传奇式的乃至神话般的各种故事，彼此称述，互相传播。岳飞之所以赢得人民这样的热爱，固然主要是以他在抗金战场上所立功勋使然，而另外一个同样重要的原因，则是由于岳家军曾长时期在这里驻扎过，曾经为这里的每一人家服过务、谋求过福利之故。而岳飞本人的纯朴笃实的作风，也必有极大的感召力量。岳家军在其所到之处，都以这样的军风纪而获得当地人民大众的热爱，各地人民大众自然就乐意与岳家军合作，尽量给予一些精神的或物质的支援，使岳家军的战斗力量得因之大大提高。

【交流之窗】

"撼泰山易，撼岳家军难"，因为岳家军军纪严明，"冻死不拆屋，饿死不打掳"。从小我们就听过"岳母刺字""精忠报国"的故事，今天在这里从历史专家文中再看岳飞的爱国主义精神，依然是那么让人敬仰，让人振奋。

一个具有高度爱国主义精神的斗士

邓广铭

  辛稼轩（名弃疾，字幼安）所属的时代，就是说，他从事于各种社会活动和斗争、从事于文学歌词创作活动的时代，也就是反映在他的文章诗词各种作品当中的时代，是从1161到1207这四十六年。

  在这一时代断限之内，统治着淮水以北的广大华北地区的金国，其实力虽已日渐衰颓下去，对华北人民残暴的奴役和压榨却不但丝毫没有放松，反而在随时加紧，对于积贫积弱、腐朽无能的南宋政权也依然是一个极大的威胁。因而贯通于上述的四十六年这一整个时期的主要历史课题，和它的稍前与稍后的几十年内的问题并不两样，是南方的汉族人民与其文化如何得免于女真铁骑的蹂躏摧残乃至毁灭，以及广大北方的汉族人民如何从女真侵略者残暴的奴役压榨之下解脱出来的问题。所以，实际上作为这一特定时代的起讫标志的，就不但是辛稼轩个人的参加社会斗争及其死亡的事件，还有1161年金人所发动而最后招致了自身溃败后果的金主亮的伐宋之役，和1206、1207两年宋方所发动而也最后招致了自身溃败后果的韩侂胄的伐金之役。而在这两次战役以及介居于这两次战役之间的宋金两国间的其他斗争，辛稼轩无一次不是很奋勇地投身于火热的斗争当中，为保卫汉族人民生活及其文化的安全而贡献出他的智能和力量的。

当1161年金主亮在华北大量地征兵征饷，进行着对南宋的军事侵略的时候，一个名叫耿京的济南农民，奋起垅亩，号召起义反金，不久就聚拢了二十万以上的劳动人民，活动于泰山周围的山区当中，成为当时山东河北的起义军中声势最为雄壮的一支。这时候，一般出身于地主阶级的知识分子们却还在彷徨顾望，不肯参加到起义军中去受这一个出身于农民的耿京的领导（见《美芹十论》中的《详战篇》，收入商务印书馆出版的《稼轩诗文抄存》中）。辛稼轩，一个也是生长在济南的刚满二十一岁的年轻人，却起而纠合了两千多人，首先投归于耿京的旗帜之下，担任了起义军的书记，并且代表耿京到建康去与宋高宗接洽双方军事上的配合行动诸事。及至北返复命，中途却得到消息：耿京已被其部下叛徒张安国所杀。这时金国为要瓦解各地的起义军，正下了一道命令说："在山者为盗贼，下山者为良民。"（见章颖撰《南渡四将传》中的《魏胜传》）因而在张安国叛变之后，起义军大部溃散，未溃散的一部分便被张安国劫持着投降金方了。辛稼轩在侦悉张安国的所在之后，即组织了五十名骑士，由他率领着，直趋金营，于五万人众中提出叛徒张安国而缚置马上，当场又号召了上万的士兵起而反，跟同他不分昼夜地向南急驰，渴不饮，饥不食，一直奔驰到淮西地方才得休止。（见稼轩《鹧鸪天》词："壮岁旌旗拥万夫，锦襜突骑渡江初"一首及洪迈撰《稼轩记》。《稼轩记》说辛稼轩的间关南归，"壮声英概，儒士为之兴起，

家园的守望

圣天子一见三叹息"。)

　　辛稼轩的南归,主要的不是要求自身逃出于女真侵略者的压迫奴役,而是要把他所认识到的金国内部所存在的矛盾、弱点,以及他在行军用兵方面所已具有的一些智能和谋略,一齐贡献出来,加强南宋统治集团对于战争的信念,唤起并且提高他们的战斗情绪。不幸的是,1163年由张浚所发动的对金国的攻势在符离地方被金兵打得大败,接着便是主和派的人物和议论在南宋政府中抬了头,主战派的张浚等人先后被排斥出去。辛稼轩在这时候不顾自身官职如何低微,却挺身而出独抒所见,就宋金的对立和战争的前途加以具体的分析,写成论文十篇,统名之为《美芹十论》,于1165年呈献给宋孝宗。在论文前面的序引当中,他首先把秦桧主和以来几十年内在士气民心方面所起的摧抑销铄的坏作用及其所造成的巨大损失,取来张浚的符离之败所给予南宋的损失两相比较,以为后者远不及前者之酷烈。以为"符离之师虽胜不虑败,事非十全",却终还表现出一些"生气",因而万不可为了此一战役的小小挫败而即改变或放弃了恢复的大计。这番议论,不但为当时主和派人所不敢说,即当时主战派的人物也同样不敢如此明确地作出判断的。这就充分表明了,不论在如何困难的局势之下,辛稼轩对于抗金斗争的胜利信念是丝毫也不会动摇的。

【交流之窗】

辛弃疾是名副其实的文武双全。他是主战派，出生入死的将军，锦帽貂裘；在文学上，他是宋词集大成者。了解辛弃疾的经历，会更加了解他的家国情怀；了解他的家国情怀，才会更深刻地了解辛弃疾的文学成就。如果从研究辛弃疾入手研究历史、文学，那一定会获益匪浅。

汨罗江之祭

李元洛

　　汨罗江是一条名闻遐迩的圣水，先后收留了中国诗歌史上两位走投无路的诗人：一位在下游，以水为坟，年年端午，竞渡的万千龙舟还在打捞他的魂魄；一位在上游，堆土为墓，少人拜谒，与凄清的墓地长年相伴的，多是春风秋雨夕阳晨雾。

　　大历五年（公元770年）秋冬之际，杜甫从长沙出发，准备顺湘江而下洞庭，转道襄阳回归河南故里。然而，他其时年近花甲，早已病体支离，舟入朔风凛冽的洞庭，更是多症并发而一病不起。病重的他只得转道前往昌江县城，去投亲靠友。但在距县城仅十里的小田村附近的江上，巨星即告陨落，他年幼的儿子宗武只得将父亲草草葬于小田村天井湖，也就是我们今日见到的平江杜墓。

　　在一个秋冬交割之日，我去拜谒那一座山中的也是我心中的坟茔。车出平江县城，颠颠簸簸，往南行二十余里，终于看到光绪十年重修的"杜公祠"。大门关闭已久，大约平日也少人问津，我们是不速之客，杜甫也早已长眠不起，蓬门今日当然也不会再为君而开，我们只得从旁侧围墙已经坍塌拆毁的缺口进去。

　　祠堂后面的小山丘上，有一栋建于多年前的房舍，门楣石匾上嵌刻有"铁瓶诗社"四字。管理墓园的老人领我们走到诗社下侧围墙的一扇小门边，打开那把资历不浅犹有古风的铜锁，小门吱呀一声推开，在一座小小的山包之上，在几株青松翠柏的守护之中，猝不及防，近在咫尺，杜甫墓怆然轰然巍然，撞伤撞痛也撞亮了我的眼睛！

墓坐北朝南，青石墓碑正中镌文为"唐左拾遗工部员外郎杜文贞公之墓"，这就是我们的千秋诗圣最后的安息之所了。秋风吹来，墓草萧瑟。墓前的香炉小小，炉中残留三四根燃尽的香头，也不知是何方来客对他的祭奠。

杜墓至今萧条冷落，杜甫当然也无意于使自己最后的栖息之地，和遍布国中的宾馆酒楼一争热闹与繁华，然而，一个民族假如热衷于形而下的物质追求与享受，而对于前贤往哲缺乏应有的敬意，总不免令人感到悲哀。

【交流之窗】

杜甫是诗圣，其诗沉郁顿挫，常抒发爱国之情，有忧国忧民之思。屈原也是爱国诗人，不与世俯仰，"举世皆浊我独清，众人皆醉我独醒"。汨罗江畔，平江杜墓，千古诗圣便安葬于此。墓葬虽小，但诗圣的诗文、气度永存，后人对其崇敬之情亦不灭。本文更是提出了一个令人深思的话题：我们应当如何对待前贤、民族脊梁？

可爱的中国（节选）

方志敏

　　朋友！中国是生育我们的母亲。你们觉得这位母亲可爱吗？我想你们是和我一样的见解，都觉得这位母亲是蛮可爱蛮可爱的。以言气候，中国处于温带，不十分热，也不十分冷，好像我们母亲的体温，不高不低，最适宜于孩儿们的偎依。以言国土，中国土地广大，纵横万数千里，好像我们的母亲是一个身体魁大、胸宽背阔的妇人，不像日本姑娘那样苗条瘦小。中国许多有名的崇山大岭，长江巨河，以及大小湖泊，岂不象征着我们母亲丰满坚实的肥肤上之健美的肉纹和肉窝？中国土地的生产力是无限的；地底蕴藏着未开发的宝藏也是无限的；废置而未曾利用起来的天然力，更是无限的，这又岂不象征着我们的母亲，保有着无穷的乳汁，无穷的力量，以养育她四万万的孩儿？我想世界上再没比她养得更多的孩子的母亲吧……

　　不错，目前的中国，固然是江山破碎，国弊民穷，但谁能断言，中国没有一个光明的前途呢？不，决不会的！我们相信，中国一定有个可赞美的光明前途，中华民族在很早以前，就造起了一座万里长城和开凿了几千里的运河，这就证明中国民族伟大无比的创造力！

　　中国战斗之中一旦斩去了帝国主义的锁链，肃清自己阵线内的汉奸卖国贼, 得到了自由与解放, 这种创造力, 将会无限地发挥出来。到那时, 中国的面貌将会被我们改造一新。所有贫穷和灾荒, 混乱和仇杀, 饥饿和寒冷, 疾病和瘟疫, 迷信和愚昧, 以及那慢性的杀灭中国民族的鸦片毒物, 这些等等是帝国主义带给我们可憎的赠品, 将来也要随着帝国主义的赶走而离开中国了。朋友, 我相信, 到那时, 到处都是活跃的创造, 到处都是日新月异的进步。欢歌将代替了悲叹, 笑脸将代替了哭脸, 富裕将代替了贫穷, 康健将代替了疾苦, 智慧将代替了愚昧, 友爱将代替了仇杀, 生之快乐将代替了死之悲哀, 明媚的花园将代替凄凉的荒地! 这时我们民族就可以无愧色地立在人类的面前, 而生育我们的母亲, 也会最美地装饰起来, 与世界上各位母亲平等地携手了。

【交流之窗】

就如舒婷所言: "你是千百年未落到地面的花朵, 是破旧的老水车。" 我们的祖国地大物博, 人口众多, 历经苦难, 风雨沧桑。她以独特的姿态屹立于东方。中华文明源远流长, 瓷器、丝绸、绘画、文学, 都是在这片土地上孕育出的。我们应该相信, 文明要传承, 要珍惜。当你周游一圈回到中国, 你会发现, 祖国母亲很可爱, 很伟大!

两弹元勋邓稼先的爱国故事

1945年抗战胜利时邓稼先从西南联大毕业，1947年通过了赴美研究生考试，于翌年秋进入美国印第安纳州的普波大学研究生院。由于他学习成绩突出，不足两年便读满学分，并通过博士论文答辩。此时，他只有26岁，人称"娃娃博士"。

1950年8月，邓稼先在美国获得博士学位9天后，便谢绝了恩师和同校好友的挽留，毅然决定回国。同年10月，邓稼先来到中国科学院近代物理研究所任研究员。此后的8年间，他进行了中国原子弹理论的研究。

从此，邓稼先的名字从公开出版物上消失了，群众性场合再也看不见他的身影，许多亲朋好友都无从寻觅他的踪迹，连他的妻子也不清楚其具体去向，只知他在执行着一项异常重要的任务。

神州升起第一朵蘑菇云，全国为之欢欣雀跃。由于邓稼先所处的特殊地位，他巨大的功绩连最亲近的家人也无从知晓。而后，中国又爆炸了第一颗氢弹，当全国人民久久沉浸在狂喜之中时，邓稼先却在转瞬间承受了成功的喜悦和失去母亲的悲痛这强烈的情感震荡。

邓稼先不仅在秘密科研院所里费尽心血，还经常到飞沙走石的戈壁试验场。1984年,他在大漠深处指挥中国第二代新式武器试验成功。翌年,他的癌扩散已无法挽救,他在国庆节提出的要求是去看看天安门。1986年7月16日,当时的国务院副总理前往医院授予他全国"五一劳动奖章"。同年7月29日,邓稼先去世。

邓稼先的一生,是中国当代优秀知识分子的光辉榜样。他从青少年时代就抱定了以科技强国的愿望,将个人的事业与民族兴亡紧密相连,为此而终生奋斗,不惜个人的生命。

邓稼先于1950年夏天在美国取得博士学位后,完全可以留在那里并拥有良好的工作条件和优厚的待遇。但是,他毅然回来建设一穷二白的祖国。同年国庆节,在北京外事部门的招待会上,有人问他带了什么回来? 他说:"带了几双眼下中国还不能生产的尼龙袜子送给父亲,还带了一脑关于原子核的知识。"

一次,航投试验时出现降落伞事故,原子弹坠地被摔裂。邓稼先深知危险,却一个人抢上前去把摔破的原子弹碎片拿到手里仔细检验。身为医学教授的妻子知道他"抱"了摔裂的原子弹,在邓稼先回北京时强拉他去检查,结果发现在他的小便中带有放射性物质,肝脏被损。随后,邓稼先仍坚持回核试验基地。在步履艰难之时,他坚持要自己去装雷管,并首次以院长的权威向周围的人下命令:"你们还年轻,你们不能去!"

1985年,邓稼先回到北京,医生强迫他住院并通知他已患有癌症。他倒在病床上面对自己妻子和国防部长张爱萍的安慰,平静地说:

"我知道这一天会来的,但没想到它来得这样快。"

1986年,国内公开报道了"两弹元勋"邓稼先的名字。当人们以感激的心情来颂扬这位功臣时,他却平静地辞世而去。

【交流之窗】

"邓稼先"这三个字每一起提起都是两个字:敬佩,毫不含糊的、不含任何杂质的敬佩,用时下流行的语言说,这个名字是带着光的。便是此刻,看到文章末尾写到他平静地说"我知道这一天会来的,但没想到它来得这样快"时不禁潸然泪下。每个月27元的工资,不足70平方米的房子,不计个人得失、矢志献身国防的精神令人感动。默默地坚守,默默地离去,给人心灵的震撼是无法用言语表达的。

额尔古纳河右岸（节选）

迟子建

我是个不擅长说故事的女人，但在这个时刻，听着唰唰的雨声，看着跳动的火光，我特别想跟谁说说话。达吉亚娜走了，西班走了，柳莎和玛克辛姆也走了，我的故事说给谁听呢？安草儿自己不爱说话，也不爱听别人说话。那么就让雨和火来听我的故事吧，我知道这对冤家跟人一样，也长着耳朵呢。

我是个鄂温克女人。

我是我们这个民族最后一个酋长的女人。

我出生在冬天。我的母亲叫达玛拉，父亲叫林克。母亲生我的时候，父亲猎到了一头黑熊。为了能获取上好的熊胆，父亲找到熊"蹲仓"的树洞后，用一根桦木杆挑逗它，把冬眠的熊激怒，才举起猎枪打死它。熊发怒的时候，胆汁旺盛，熊胆就会饱满。父亲那天运气不错，他收获了两样东西：一个圆润的熊胆，还有我。

我初来人间听到的声音，是乌鸦的叫声。不过那不是真的乌鸦发出的叫声。由于猎到了熊，全乌力楞的人聚集在一起吃熊肉。我们崇拜熊，所以吃它的时候要像乌鸦一样"呀呀呀"地叫上一刻，想让熊的魂灵知道，不是人要吃它们的肉，而是乌鸦。

很多出生在冬季的孩子，常由于严寒致病而夭折，我有一个姐姐就是这样死去的。她出生时漫天大雪，父亲去寻找丢失的驯鹿。风很大，母亲专为生产而搭建的希楞柱被狂风掀起了一角，姐姐受了风寒，只活了两天就走了。如果是小鹿离开了，她还会把美丽的蹄印留在林地上，可姐姐走得像侵蚀了她的风一样，只叫了那么一刻，就无声无息了。尼都萨满是我父亲的哥哥，是我们乌力楞的族长，我叫他额格都阿玛，就是伯父的意思。我的记忆是由他开始的。

除了死去的姐姐，我还有一个姐姐，叫列娜。那年秋天，列娜病了。她躺在希楞柱的狍皮褥子上，发着高烧，不吃不喝，昏睡着，说着胡话。父亲在希楞柱的东南角搭了一个四柱棚，宰杀了一只白色的驯鹿，请尼都萨满来给列娜跳神。额格都阿玛是个男人，可因为他是萨满，平素的穿着就得跟女人一样。他跳神的时候，胸脯也被垫高了。他很胖，披挂上沉重的神衣神帽后，我想他一定不会转身了。然而他击打着神鼓旋转起来是那么的轻盈。他一边舞蹈一边歌唱着，寻找着列娜的"乌麦"，也就是我们小孩子的灵魂。他从黄昏开始跳，一直跳到星星出来，后来他突然倒在地上。他倒地的一瞬，列娜坐了起来。列娜朝母亲要水喝，还说她饿了。而尼都萨满苏醒后告诉母亲，一只灰色的驯鹿崽代替列娜去一个黑暗的世界了。为了牵制因贪吃蘑菇而不愿意回营地的驯鹿，秋天时我们常把驯鹿崽拴在营地，这样驯鹿就会惦记着回来。母亲拉着我的手走出希楞柱，我在星光下看见了先前还是活蹦乱跳的小驯鹿已经一动不动地倒在地上了。我攥紧母亲的手，打了个深深的寒战。我所能记住的最早的事情，就是这个寒战，那年我大约四五岁的光景吧。

我从小看到的房屋就是像伞一样的希楞柱，我们也叫它"仙人柱"。希楞柱很容易建造，砍上二三十根的落叶松杆，锯成两人高的样子，剥了皮，将一头削尖了，让尖头朝向天空，会集在一起；松木杆的另一端则贴着地，均匀地散布开来，好像无数条跳舞的腿，形成一个大圆圈，外面苫上挡风御寒的围子，希楞柱就建成了。早期我们用桦皮和兽皮做围子，后来很多人用帆布和毛毡了。

尽管我父亲不愿意到尼都萨满那里去，但我爱去，因为那座希楞柱里不光住着人，还住着神。我们的神统称为"玛鲁"，它们被装在一个圆形皮口袋里，供奉在希楞柱入口的正对面。大人们出猎前，常常要在神像前磕头。这使我很好奇，总是央求尼都萨满，让他把皮口袋解下来，让我看看神长得什么样子？神身上有肉吗？神会说话吗？神在深更半夜会像人一样打呼噜吗？尼都萨满每次听到我这样跟他说玛鲁神，都要拿起他跳神用的鼓槌，将我轰出。

尼都萨满和我父亲一点儿也不像亲兄弟。他们很少在一起说话，狩猎时也从不结伴而行。父亲非常清瘦，尼都萨满却很胖。父亲是个打猎高手，尼都萨满行猎时却往往是空手而回。父亲爱说话，而尼都萨满哪怕是召集乌力楞的人商议事情，说出的话也不过是只言片语的。据说只有我出生的那天，他因为前一夜梦见了一只白色的小鹿来到我们的营地，对我的降生就表现出无比的欣喜，喝了很多酒，还跳了舞，跳到篝火中去了。

父亲爱和母亲开玩笑。他夏季时常指着她说：达玛拉，伊兰咬着你的裙子啦！伊兰是我们家猎犬的名字。"伊兰"在我们的语言中是"光线"的意思。所以天黑的时候，我特别爱喊伊兰的名字，我以为跑过来的它会携带着光明，可它跟我一样，只是黑暗中的一团影子。母亲太热衷于穿裙子了，所以在我看来，母亲盼夏天来，并不是盼林中的花朵早点开放，而是为了穿裙子。一听说伊兰咬了她的裙子，她就会腾空跳起来，这时父亲就会得意地大笑。母亲喜欢穿灰色的裙子，裙腰上镶着绿色的缝道，前面的缝道宽，后面的缝道窄。

母亲在全乌力楞的女人中是最能干的。她有着浑圆的胳膊，健壮的腿。她宽额头，看人时总笑眯眯的，很温存。别的女人终日在头上包着一块儿蓝头巾，而她是裸露着头发的。她将那茂密乌黑的发丝绾成一个发髻，上面插着一支月白色的鹿骨打磨成的簪子。

达玛拉，你过来！父亲常常这样召唤她，就像召唤我们一样。母亲慢吞吞地走到他身边，父亲往往只是笑着扯一下她的衣襟，然后在她的屁股上拍一下，说：没事了，你走吧！母亲努一下嘴，不说什么，接着忙她的活去了。

我和列娜从小就跟着母亲学活计，熟皮子，熏肉干，做桦皮篓和桦皮船，缝狍皮靴子和手套，烙格列巴饼，挤驯鹿奶，做鞍桥等等。父亲看我和列娜像两只蝴蝶离不开花朵一样绕着母亲飞，就嫉妒地说：达玛拉，你一定得送给我个乌特！"乌特"就是儿子的意思。而我和列娜，像我们这个民族的其他女孩一样，被叫作"乌娜吉"。父亲管列娜叫"大乌娜吉"，我则成了"小乌娜吉"。

不久，我的弟弟鲁尼降生了。父亲有了自己的乌特后，即使狩猎归来一无所获，一看到鲁尼的笑脸，他阴沉的脸也会变得和颜悦色了。鲁尼的出现，使我和列娜改变了对父母的称呼。原来我们规规矩矩地像其他孩子一样，称母亲为"额尼"，称父亲为"阿玛"，因为鲁尼太得宠了，我和列娜起了嫉妒心，私下里就管母亲叫达玛拉，叫父亲为林克。所以现在提到他们的时候，我还有些改不过来。请神饶恕我。

乌力楞的成年男人身边都有女人，比如林克有达玛拉，哈谢有玛利亚，坤德有依芙琳，伊万有蓝眼睛、黄头发的娜杰什卡，可尼都萨满却是孤身一人。我想那狍皮口袋供的神一定是女神，不然他怎么会不要女人呢？我觉得尼都萨满跟女神在一起也没什么，只不过他们生不出小孩子来，有点让人遗憾。一个营地里，如果少了小孩子，就像树木缺了雨水，看上去总是不那么精神的。比如伊万与娜杰什卡，他们常常逗自己的那双儿女——吉兰特和娜拉，并发出哈哈的笑声；坤德与依芙琳的孩子金得，虽然不那么活泼，但他也像盛夏时飘来的一片云彩一样，给坤德与依芙琳带来阴凉，让他们心境平和。相反，哈谢与玛利亚因为没有孩子，脸上就总是弥漫着阴云。一旦罗林斯基来我们的营地了，他带到哈谢的希楞柱里的，就不仅仅是烟酒糖茶了，还有药。可玛利亚吃了那些治疗不孕症的药后，肚子还是老样子，急得哈谢像遭到围猎的驼鹿一样，脸上总是现出茫然的神情，不知道出路在哪里。玛利亚常用头巾遮住脸，低着头去尼都萨满的希楞柱。她去拜见的不是人，而是神。她希望神能赐予她孩子。

我这一生见过的河流太多了。它们有的狭长，有的宽阔；有的弯曲，有的平直；有的水流急促，有的则风平浪静。它们的名字，基本是我们命名的，比如得尔布尔河、敖鲁古雅河、比斯吹雅河、贝尔茨河以及伊敏河、塔里亚河等。而这些河流，大都是额尔古纳河的支流，或者是支流中的支流。

我对额尔古纳河的最早记忆，与冬天有关。

那一年，北部的营地被铺天盖地的大雪覆盖，驯鹿找不到吃的，我们不得不向南迁移。途中，由于连续两天没有打到猎物，骑在驯鹿身上的瘸腿达西咒骂那些长着腿的男人都是没用的东西，声称他已经掉进一个黑暗的世界，要被活活地饿死了。我们不得不靠近额尔古纳河，用冰钎凿开冰面捕鱼来吃。

额尔古纳河是那么宽阔，冰封的它看上去像是谁开辟出来的雪场。善于捕鱼的哈谢凿了三口冰眼，手持一杆鱼叉守候在旁边。那些久避冰层下的大鱼以为春天又回来了，就摇头摆尾地冲着透出天光的冰眼游来。哈谢一看见冰眼旋起了水涡，就眼疾手快地抛出鱼叉，很快就戳上来一条又一条的鱼。有附着黑斑点的狗鱼，还有带着细花纹的蛰罗。哈谢每捕上来一条鱼，我都要跳起来欢呼。列娜不敢看冰眼，吉兰特和金得也不敢看，冒着水汽的冰眼在他们眼里一定跟陷阱一样，他们远远地避开了。我喜欢娜拉，她虽然比我还小几岁，但跟我一样胆大,她弯着腰,将头探向冰眼,哈谢让她离远点,说是万一她失足跌进去,就会喂了鱼。娜拉将头上的狍皮帽子摘下来,甩了甩头,赌咒发誓地跺着脚说,快把我扔进去吧,我天天游在里面,你们想要鱼了,就敲一敲冰面,叫一声娜拉,我就顶破冰层,把鱼给你们送上!我要是做不到的话,你们就让鱼把我吃了算了!她的话没吓着哈谢,倒把她的母亲娜杰什卡吓着了,她奔向娜拉,在胸口不住地画着十字。娜杰什卡是个俄国人,她跟伊万在一起,不仅生出了黄头发白皮肤的孩子,还把天主教的教义也带来了。所以在乌力愣中,娜杰什卡既跟着我们信奉玛鲁神,又朝拜圣母。依芙琳姑姑为此很看不起娜杰什卡。我并不反感娜杰什卡多信几样神,那时神在我眼里是看不见的东西。不过我不喜欢娜杰什卡在胸前画十字,那姿态很像是手执一把尖刀,要剖出自己的心脏。

【交流之窗】

《额尔古纳河右岸》以一位鄂温克族女人的口吻,写了鄂温克人生活的场景:铺天盖地的大雪、南迁的鹿、一条叫作伊兰的爱犬、尼都萨满、有奇奇怪怪名字的河流、在冰面上的捕鱼生活。这些新鲜而独特的事物叠加在一起,就是富有民族特色的独特的民族——鄂温克族。文学作品的意义之一,就是传播不同特点的生活,让人们通过一部作品,了解一种生活。

尘埃落定（节选）

阿来

窗外，雪光的照耀多么明亮！传来了家奴的崽子们追打画眉时的欢叫声。而我还在床上，躺在熊皮褥子和一大堆丝绸中间，侧耳倾听侍女的脚步走过了长长的回廊，看来，她真是不想回来侍候我了。于是，我一脚踢开被子大叫起来。

在麦其土司辖地上，没有人不知道土司第二个女人所生的儿子是一个傻子。

那个傻子就是我。

除了亲生母亲，几乎所有人都喜欢我是现在这个样子。要是我是个聪明的家伙，说不定早就命归黄泉，不能坐在这里，就着一碗茶胡思乱想了。土司的第一个老婆是病死的。我的母亲是一个毛皮药材商买来送给土司的。土司醉酒后有了我，所以，我就只好心甘情愿当一个傻子了。

虽然这样，方圆几百里没有人不知道我，这完全因为我是土司儿子的缘故。如果不信，你去当个家奴，或者百姓的绝顶聪明的儿子试试，看看有没有人会知道你。

我是个傻子。

我的父亲是皇帝册封的辖制数万人众的土司。

所以,侍女不来给我穿衣服,我就会大声叫嚷。

侍候我的人来迟半步,我只一伸腿,绸缎被子就水一样流淌到地板上。来自重叠山口以外的汉地丝绸是些多么容易流淌的东西啊。从小到大,我始终弄不懂汉人地方为什么会是我们十分需要的丝绸、茶叶和盐的来源,更是我们这些土司家族权力的来源。有人对我说那是因为天气的缘故。我说:"哦,天气的缘故。"心里却想,也许吧,但肯定不会只是天气的缘故。那么,天气为什么不把我变成另一种东西?据我所知,所有的地方都是有天气的。起雾了。吹风了。风热了,雪变成了雨。风冷了,雨又变成了雪。天气使一切东西发生变化,当你眼鼓鼓地看着它就要变成另一种东西时,却又不得不眨一下眼睛了。就在这一瞬间,一切又变回了原来的样子。可又有谁能在任何时候都不眨巴一下眼睛?祭祀的时候也是一样。享受香火的神祇在缭绕的烟雾背后,金面孔上彤红的嘴唇就要张开了,就要欢笑或者哭泣,殿前猛然一阵鼓号声轰然作响,吓得人浑身哆嗦,一眨眼间,神祇们又收敛了表情,回复到无忧无乐的庄严境界中去了。

这天早晨下了雪,是开春以来的第一场雪。只有春雪才会如此滋润绵密,不至于一下来就被风给刮走了,也只有春雪才会铺展得那么深远,才会把满世界的光芒都汇聚起来。

满世界的雪光都汇聚在我床上的丝绸上面。我十分担心丝绸和那些光芒一起流走了。心中竟然涌上了惜别的忧伤。闪烁的光锥子一

家园的守望

180

样刺痛了心房，我放声大哭。听见哭声，我的奶娘德钦莫措跌跌撞撞地从外边冲了进来。她，并不是很老，却喜欢做出一副上了年纪的样子。她生下第一个孩子后就成了我的奶娘，因为她的孩子生下不久就死掉了。那时我已经三个月了，母亲焦急地等着我做一个知道自己来到这个世界的表情。

一个月时我坚决不笑。

两个月时任何人都不能使我的双眼对任何呼唤做出反应。

土司父亲像他平常发布命令一样对他的儿子说："对我笑一个吧。"见没有反应，他一改温和的口吻，十分严厉地说："对我笑一个！笑啊！你听到了吗？！"他那模样真是好笑。我一咧嘴，一汪涎水从嘴角掉了下来。母亲别过脸，想起有我时父亲也是这个样子，泪水止不住流下了脸腮。母亲这一气，奶水就干了。她干脆说："这样的娃娃，叫他饿死算了。"

父亲并不十分在意，叫管家带上十个银元和一包茶叶，送到刚死了私生子的德钦莫措那里，使她能施一道斋僧茶，给死娃娃做个小小的道场。管家当然领会了主子的意思。早上出去，下午就把奶娘领来了。走到寨门口，几条恶犬狂吠不已，管家对她说："叫它们认识你的气味。"

奶娘从怀里掏出块馍馍，分成几块，每块上吐点口水，扔出去，狗们立即就不咬了，跳起来，在空中接住了馍馍。之后，它们跑过去围着奶娘转了一圈，用嘴撩起她的长裙，嗅嗅她的脚，又嗅嗅她的腿，证实了她的气味和施食者的气味是一样的，这才竖起尾巴摇晃起来。几只狗开口大嚼，管家拉着奶娘进了官寨大门。

土司心里十分满意。新来的奶娘脸上虽然还有悲痛的颜色，但奶汁却溢出来打湿了衣服。

这时，我正在尽我所能放声大哭。土司太太没有了奶水，却还试图用那空空的东西堵住傻瓜儿子的嘴巴。父亲用拐杖在地上挂出很大的声音，说："不要哭了，奶娘来了。"我就听懂了似的止住了哭声。奶娘把我从母亲手中接过去。我立即就找到了饱满的乳房。她的奶水像涌泉一样，而且是那样地甘甜。我还尝到了痛苦的味道，和原野上那些花啊草啊的味道。而我母亲的奶水更多的是五颜六色的想法，把我的小脑袋涨得嗡嗡作响。

我那小胃很快就给装得满满当当了。为表示满意，我把一泡尿撒在奶娘身上。奶娘在我松开奶头时，背过身去哭了起来。就在这之前不久，她夭折的儿子由喇嘛们念了超度经，用牛毛毯子包好，沉入深潭水葬了。

母亲说："晦气！呸！"

奶娘说："主子，饶我这一回，我实在是忍不住了。"母亲叫她自己打自己一记耳光。

如今我已经十三岁了。这许多年里，奶娘和许多下人一样，洞悉了土司家的许多秘密，就不再那么规矩了。她也以为我很傻，常常当着我的面说："主子，呸！下人，呸！"同时，把随手塞进口中的东西——被子里絮的羊毛啦，衣服上绽出的一段线头啦，和着唾液狠狠地吐在墙上。只是这一二年，她好像已经没有力气吐到原来的高度上去了。于是，她就干脆做出很老的样子。

【交流之窗】

一个声势显赫的康巴藏族土司，在酒后和汉族太太生了一个傻瓜儿子。这个人人都认定的傻子与现实生活格格不入，却有着超时代的预感和举止，成为土司制度兴衰的见证人。小说故事精彩动人，以饱含激情的笔墨，超然物外的审视目光，展现了浓郁的民族风情。这就是获第五届茅盾文学奖长篇小说《尘埃落定》。

穆斯林的葬礼（节选）

霍达

　　学生们烧了赵家楼，事情闹大了，军阀政府派兵镇压，抓起来三十多人。于是，全北京城的学生总罢课，并通电全国表示抗议，接着，上海、广州、天津的学生也上街游行了，听说天津的学生领袖还是个回回，叫马骏。梁亦清很难全部理解学生们这些举动的含义，他只是感到北京和全中国以后的日子不会安宁。有一群学生上街募捐，梁亦清听不大明白他们说的那些激昂的言辞，却献出了奇珍斋的一只玉盘，原是和易卜拉欣摔碎的那只五碗配套的。中国人都巴望着中国好，梁亦清清苦惯了，日月再艰难也不差这一只盘子！但是，他又怕这会给奇珍斋惹事儿，央告学生们千万别说这盘子是谁给的。学生们对他说了好些好话，一路演讲着、喊着口号走了。这都是一些胆大包天的人物，不怕官，不怕军警，不怕死，为了追求他们心中既定的目标，他们什么都不怕，径直往前闯！

　　吐罗耶定也走了，沿着千百年来的丝绸古道，朝着心中的圣地麦加，坚定地走去了。

　　人们哪，不可动摇的是心中的信仰，各自为着神圣的信仰而献身，走向生命的归宿。

易卜拉欣没有跟着吐罗耶定巴巴继续跋涉，他留在了北京。博大雄浑的千年古都使他迷恋，珠玉璀璨的奇珍斋使他迷恋，他就像一颗随风飘荡的草籽，终于在这方宝地上落了下来。金水桥下的玉液水，社稷坛上的五色土，也许最适宜他的生长，他要在北京生根、发芽、开花、结果。朝圣的路上，他突然改变了方向，绝不是为了赔一只玉碗。吐罗耶定巴巴深深地叹息着，走了。他没有勉强易卜拉欣，也许认为他已经放弃了信仰。其实这时候易卜拉欣还弄不明白究竟什么是信仰，也许他立志献身于迷人的玉器作，这就是一种信仰？啊，比起另外一些人的信仰来，这似乎又太微不足道了。

奇珍斋主梁亦清正式收易卜拉欣为徒，这是他一生当中第一个也是最后一个徒弟。他本来要把一身绝技传给久久期待而不可得的儿子，真主却从天的尽头给他送来了一个徒弟，他怎么能把这赐予推掉呢！拜师仪式是极为简单的，不必焚香叩头，穆斯林最尊贵的礼节就是"拿手"，师徒二人把手紧紧地握在一起，两双和琢玉有着不解之缘的手、两颗痴迷于同一事业的心，就连在一起了。

梁亦清带着他来到西便门外拜谒祖坟，这里埋葬着梁家世世代代的先人，高超的琢玉手艺就是这样传下来的，以后，就只有传给易卜拉欣了。梁亦清希望得到先人的谅解，他想：易卜拉欣虽不是梁家的骨肉，也是穆斯林啊，身上流着同样的血！

面对眼前一片没有生命的荒冢，易卜拉欣看到的是一条流动的河流。六尺之躯，一抔黄土，穆斯林们一个个离去了，什么都没有带走，把一切都留下来了, 汇成了玉的长河。现在, 他怀着衷心的敬仰, 涉下河去, 也许一辈子都不会改。

【交流之窗】

这是一本风靡一时的小说, 到今天依然很有影响力, 已然成为真正的经典。大多数人是通过这部小说了解穆斯林的生活和信仰, 了解穆斯林内心的那份执着和坚韧。本文节选的是小说开头一部分, 主要人物梁亦清和徒弟都出现了, 小说的主要线索"玉"也出现了, 包括对下文的暗示: "穆斯林们一个个离去了, 什么都没有带走, 把一切都留下来了, 汇成了玉的长河。现在, 他怀着衷心的敬仰, 涉下河去, 也许一辈子都不会改。"

黑骏马（节选）

张承志

　　十五岁是儿童和青年的分界。对早熟的草原少年更是如此。那时，我正一心钻研畜牧业机械和兽医技术，索米娅则在给邻居家的羊群守夜。我早已不再傻乎乎地把半句《阿洛淖尔》哼个没完了，那时我寡言少语，喜欢思索。父亲来看我时已很少耍威风，因为我常常正在安静地读一本图文并茂的《怎样经营牧业》，或者是赤着上身在用镐头刨着圈里的羊粪砖——我的汗水淋淋的两臂肌肉发达，他看看就会明白：白音宝力格已经成人了。

　　那天天气晴朗，是春季里的一个好天。我束紧腰带，走到草地上，解下钢嘎·哈拉的马绊。昨天晚上我们商量过：如果天气好，就正式给马备上鞍，把它调教出来。

　　索米娅朝我跑来。可能因为天热的缘故吧，也可能是为了帮我调马，她脱去了臃肿的皮袍子，穿着一件奶奶穿旧的、显得很小很窄的旱獭皮薄袍。她气喘吁吁地跑来，阳光直射着她的脸。她抬起手臂擦着汗珠，紧束着的腰带立即勒出了她躯体的曲线。刹那间，我的心动了一下：啊……我说不出心里的滋味儿，只觉得跑来的好像不是那个和我耳鬓厮磨地一块儿生活了六七年的沙娜了。沙娜——那个为我熟悉的小索米娅是多么小、多么胖乎乎，眼睛眯得是多么可笑呵，而差几步就要跑到我面前的，却分明是一个颀长、健壮、曲线分明、在阳光下向我射出异彩的姑娘。

"巴帕，真的今天就骑么？嘿，真高兴！"她的大眼睛闪着喜悦的光，以前她也常为些小事兴高采烈的，但那时从来没有这样一种奇怪的味道。我的心绪乱了，不知为什么生起气来。我暴躁地把皮马绊摔到地上，粗声吆喝她："喂，收好马绊子！"接着我揪紧马鬃，跃上了马背。

钢嘎·哈拉挣咬着旋转起来。索米娅高喊着："骑稳，巴帕！"她的声音也完全不像从前那样甜甜的；而是那么圆润，扰得人心神不安，我朝她吼道："别乱嚷！"随即松松马缰，黑马立即发疯般又踢又跳起来。

晚春的三岁马没有多大劲儿。傍晚时，钢嘎·哈拉已经学会在马鞭子的拨弄下，忽左忽右地顺路小跑了，我下了马，把它绊好放开，让它去啃刚冒芽的绿草尖。

已经融得一片斑驳的残雪，在渐渐黯淡的天色里显得白亮亮的。露出去年枯草的土地，在薄暮中颜色很黑。凉风阵阵拂过，使山坳里的积雪、袅袅的炊烟和整个春牧场都涂上了一分纯净的青色。我和索米娅抱着鞍鞴鞭绊，吱吱地踩着含水很多的雪地朝家走去。索米娅快活得很，她总是一面说话，一面朝我转过身子，或者干脆侧着走，说着，哼着什么歌子。

"巴帕，你骑得真不错！我原来以为，恐怕钢嘎·哈拉会把你摔下来，喂，喂！你听着吗？"她像以前一样，扳着我的肩头，摇着我。

"嗯，喂——"我觉得自己在费劲地寻找话题。这是多么奇怪的、异样的感觉呐。"我说，今天晚上，吃什么好呢？"

"吃肉饼！"索米娅欢叫起来，"哈哈，我们吃肉饼！我去取肉！"她一阵风似的向前跑了。我注视着她的背影，惊奇她怎么会用这样婀娜的姿态在草地上奔跑……

哦，成年的日子！当油然而生、连自己也无法理解的那异样的兴奋和萌动，突然间从心田里破土而出的时候，惶惑中的我们究竟能理解它的几分含义呢？我们根本没有理解，甚至不知道这就是青春的来临。我们只记得心中涌起的，那神圣的激动……我真切地感到，自己正在体验着一个纯净透明的世界和一个可怕的、令人羞耻和心跳的世界的啮咬和更替。我在初次爱上了生活的同时，也意识到自己失去的东西。我们再不会在冬夜里一块儿钻进老奶奶的皮被，你捅我一下，我打你一下地瞎闹；再不会在开着蓝花的青草地上滚成一团，争抢一个染红的羊拐骨；再不会一块儿骑在犍牛的背上，后一个扶着前一个的肩，沿着一条被成行的牛群踏出的蜿蜒小道，去水井拉水啦……索米娅穿的那旧袍子太窄了，腰带也束得太紧了。她在明媚的阳光里朝我跑来的时候，突然蜕去了过去的躯壳。她以完全陌生的东西敲击了一下我的心扉，并在一瞬间完成了一次惊人的启蒙。哦，男子汉！我从那么小就盼着长成个男子汉。可是男子汉原来完全不仅仅是拥有一匹骏马。我根本没有料到，也没有理解这一切，我太年轻了。

在我独自咀嚼着这模糊的感受的时候，索米娅似乎也同时悟到什么。第二天，我看见她一个人套上牛车去拉水。她没有骑牛，而是像女人们那样，斜斜地坐在车辕一侧。她没有喊我，我也明白：不该再去插手女人们的家务活儿了，我望着她的影子消失在低洼不平的盐碱地里，然后提着十字镐和斧头走出去。那天，我把家里的木轮车一一修好，并且刨了整整半圈羊粪砖。

新的生活开始了。尽管没有人宣布过它的开始。不觉间，奶奶不太去张罗门口和停列成一排的勒勒车那儿的活计了，她更多的是撑起身子，在昏暗的包内发表着她对里里外外各种事情的看法。在阳光强烈的夏天，她喜欢蹒跚地迈出包门，舒服地晒着太阳，捉捉虱子。过路的牧人向她致意："好舒服呀！额吉！"她乐呵呵地说："当然。两个孩子都大了嘛！没有我干的活儿啰。"我已经成了见习兽医，每天跟着老兽医四处转悠，去对付一些难产的骒马和不要犊的乳牛。没事的时候，我喜欢读书，尤其爱读那本《怎样经营牧业》。那本书是有模范牧民参与讨论、由专家分门别类写成的。我不仅从那里面读到了知识，也从那里窥见了为我不知的、新鲜而博大的世界。当我吃力地读完一段时，就伸手去摸茶碗。"等一下，巴帕。"一个低柔的、姑娘的声音传来，索米娅在给我斟着茶。我看见她低垂着的、微微闪动的黑睫毛和红润的一侧脸颊。我念不下去了。于是推门出来，牵过钢嘎·哈拉。它已经是新四岁的马了。我喊着："喂！拿剪刀来！"索米娅跑出来，递给我剪刀。我给黑马修整着打齐的鬃，时而瞟索米娅一眼，那时，她会对我微微地一笑。

这样，到了我们十六岁的那个秋天。

一天，我们把一秋天拾来晒干的白蘑菇运到公社供销社去卖。索米娅和奶奶赶着装满蘑菇的棚车，我骑着钢嘎·哈拉相随。

在公社耽搁了好久——父亲要招待奶奶和我们吃饭。等我们返回伯勒根河湾的时候，天色已晚。索米娅拾来一些早枯的芦叶和干马粪；我在河畔的硝土岸上架起一口小锅。我们打算架起篝火，用河水煮一锅茶，吃些东西再赶路。

硝土岸旁长着细嫩多盐的碱草。芨芨草丛粗硬的根茎旁，也还有一些没有变白的绿叶。犍牛和钢嘎·哈拉贪婪地嚼着。几乎一步不移，任阵阵浮动的炊烟漫过它们黝黑的身体。我们祖孙三人围坐在篝火旁，随意闲谈着。河湾青蒙蒙的，通红的火焰里溅着橘橙色的火星，烤着我们的胸怀。流水跳跃着磷光，平坦无声地滑过，我们注视着恬静的家乡，心里充满了美好的感觉。

"就是这儿。孩子们，"奶奶啜着茶，用浑浊的眼光注视着河湾。"这儿就是出嫁姑娘告别亲人的地方。唉，这一辈子，我看见多少姑娘，唉，就像你一样的年轻姑娘，索米娅——跨过这条小河，就再也没有见过面呀。我也一样，自从跨过这条河，来到这儿，已经整整五十多年啰……老人们唱过这样的歌：'伯勒根，伯勒根，姑娘涉过河水，不见故乡亲人'……"

我们收拾了锅碗，熄灭了篝火，准备继续赶路时，奶奶突然扯住我们俩。她急急地、紧张地说："索米娅！唉，如果你也跨过这条河，给了那遥远的地方，我，我会愁死的！我看，我看，你们俩就在咱们自己的家里成亲吧！你们结成夫妻！这样，我一个宝贝也不会丢掉……"

我们俩同时从奶奶怀里挣脱出来。我跳上马，连抽几鞭。在呼啸的风声中，黑马一蹦子冲上了山冈。等我勒住马时，身后响起了歌声。我扯转马头，远远看见那银发的老奶奶正精神抖擞地边走边唱，她一手牵着牛车，一手牵着姑娘。她步履坚定，银发在夜风中一飘一飘。她准是看见了一种最实在、最鼓舞她的美景，才滋生了如此蓬勃的精神。

当天夜里，奶奶执拗地躲到蒙古包西侧去睡；炉灶正北的、属于男女主人的那块白垫毡空出来了……

【交流之窗】

在广袤的草原上，生命的可贵不言而喻，但小说的主人公是汉族小伙子，在一场冲突后，他离开草原。本文节选的是他在枯燥的现代生活中回到草原，回忆他激情奔放的青春和心爱的蒙古族姑娘生活时的情景。两位主人公不同的追求和不同的生活观念在小说中激烈碰撞。

辛巴达历险记（节选）

在一个月黑风高的夜晚，辛巴达来到海边，决定投海自尽。可是就在他即将身赴汪洋那一刻，附近海湾的港口处响起了一个沉重的声音："起航了，新的征程开始了！"这是一个老水手的声音，是一句极富感召力的呐喊，令人振奋。刹那间，辛巴达仿佛受到神灵的启示，死的念头突然消失。

辛巴达内心的一切忧郁、悲苦荡然无存，眼前闪现一道光亮，心胸犹如天高海阔，他看到了新的希望，决定出海远航，混出个名堂，衣锦还乡。想到这里，辛巴达飞速奔向海港，经再三请求，他被允许登上了这艘货船，一同驶向了富饶的东方。这艘船上，有四十多名船员，船长名叫柯叔克。辛巴达与船长柯叔克一见如故，很快成了挚友。

就这样，辛巴达开始了海上旅行。前三天，风平浪静，大船平安无事。到了第四天中午，海风乍起，浊浪排空，一场海上风暴即将来临。如果不尽快找个避风的港湾，连船带人将全军覆没。恰在这时，大船前方出现了一座小岛，其实只是看上去像座小岛。看到它，众人仿佛看到了"救星"。于是，船长下令向"小岛"驶去。

大船靠岸后，船员们携带一些器具，纷纷登陆，有的搭炉灶烹煮食物，有的洗衣、洗脸，有的游览观光……霎时间，"小岛"成了大家的避难所和游乐园。可是，正当大家沉浸在休闲娱乐之中时，大地突然晃动起来，而且越来越剧烈。见此情景，所有人立刻意识到，小岛发生了地震。

其实，这哪里是什么地震？这"小岛"根本就不是一座小岛，而是一条沉睡百年的大鲨鱼。这条鲨鱼身形巨大，腹部贴着海底，脊背露出水面，由于年深日久，脊背上堆满了厚厚的沙土，长起了茂密的丛林，远远望去，与真实的小岛毫无二致。在他们到来之前，这座"小岛"一直无人涉足。

可是今天，他们的来访却成了不幸！他们在"小岛"上生火烧饭，穿梭行走……怎能不惊醒鲨鱼的百年长梦？于是，大鲨鱼苏醒过来，想要看看究竟是什么人对他如此无礼。就这样，"小岛"上发生了大"地震"。转瞬间，大鲨鱼剧烈翻腾起来，把所有人全部抛入波涛滚滚的大海。

顿时，大海里叫喊声连成一片，片刻之后声音又被海水淹没。除了辛巴达，其他人全部沉入海底。辛巴达在慌乱之中，抱住了一块船板，他趴在上面，两脚左右摆动，努力与波涛搏斗，任凭风吹浪打，一直紧紧抱着那块救命船板。漂泊三天三夜后，辛巴达被风浪推到一个荒岛的沙滩上。

这时，辛巴达已经不省人事了。当他醒来之后，第一个动作就是打了自己一个响亮的耳光，发觉脸颊还有疼痛感后，不由高兴起来，因为这证明自己还活着。虽然如此，但是辛巴达已经浑身浮肿，四肢无力，而且口中干渴，饿得前心贴了后背。辛巴达跌跌撞撞地走在森林里，几番苦苦搜寻，吃到了一些野果，喝了一些泉水，勉强活了下来。

辛巴达在小岛上寻找了三天三夜，试着找到人畜、生灵，可是最终一无所获，于是断定这座小岛荒无人烟；如果再碰不到船只，辛巴达不知道将要如何生存下去！第四天，辛巴达踉踉跄跄地走在沙滩上，感到前途一片渺茫。就在这时，远处突然跑来一匹膘肥体壮的母马，之后停在不远处的沙滩上，朝海里大声嘶鸣，仿佛在召唤同伴。

片刻之后，海面上蹿出一只雄性海马，与母马在岸边追逐嬉戏。这时，远处跑来一名年轻人，将母马套住往回拉。辛巴达看到眼前的情景，心头为之一震："原来小岛上有生灵存在，竟然还有人类！"想到这里，辛巴达快步赶上年轻人，向他鞠躬施礼，然后讲述自己的不幸遭遇，恳请年轻人给予帮助。

年轻人十分同情辛巴达的遭遇，决定带他回家。辛巴达感激不尽，连声答谢，与年轻人热烈地交谈起来。两人越谈越投机，而且发现彼此志趣相投，大有相见恨晚之感。从交谈中，辛巴达得知这位年轻人名叫巴巴拉，三年前因与自己相同的遭遇流落此岛，一直生活至今。

辛巴达向巴巴拉询问两匹马的事。巴巴拉告诉他说，这个岛国的国王对赛马情有独钟，于是下令每年都要举行马赛，如果谁能取得冠军，将赢得许多金银珠宝。巴巴拉是个穷人，想借此翻身，于是长年训练马术，但是尽管他的马术高人一筹，却因为没有一匹好马，每次都惨败而归。

后来巴巴拉听人说，陆地上精良的母马与雄性海马结合，产下的马驹将是一匹千里马，能赢得赛马冠军。于是巴巴拉买了一匹母马，将它养得膘肥体壮，让它与海马亲昵。功夫不负有心人，今天巴巴拉终于成功了。辛巴达头一次听到这等新鲜事，十分惊讶，同时为巴巴拉的成功连连祝贺。

巴巴拉又告诉辛巴达说，即使母马能产下一匹千里马驹，也未必就能取胜，因为先前已有七人用同样的方法获得了千里马驹。而且，比赛再有六个月就要举行了，自己的马驹还未出生。更糟糕的是，国王规定今年是最后一次比赛，因为国家的银两已经不多了。听到这些话，辛巴达不禁为巴巴拉捏了一把汗。

辛巴达又问马驹何时出生，巴巴拉说一个月后即可，而且长势迅猛。"这就证明还有一线希望！巴巴拉，你决不能灰心！"辛巴达鼓励巴巴拉说。听到辛巴达的一番鼓励，巴巴拉信心倍增，同时对辛巴达进一步产生好感。二人边走边谈，不知不觉中二十里路已抛在身后。此刻的辛巴达由于饥渴劳累，加之身体负伤，已经筋疲力尽了。

【交流之窗】

《一千零一夜》在西方被称为《阿拉伯之夜》，在中国有一个独特的称呼：《天方夜谭》。"天方"是中国古代对阿拉伯的称呼，仅凭这名字，就足以把人带到神秘的异域世界中，在这里我们领略到另一种文化，别有洞天。

第四编 家国

祖　国

[俄国]莱蒙托夫

我爱祖国，但却用的是奇异的爱情！

连我的理智也不能把它制胜。

无论是鲜血换来的光荣，

无论是充满了高傲的虔诚的宁静，

无论是那远古时代的神圣的传言，

都不能激起我心中的慰藉的幻梦。

但是我爱——自己不知道为什么——

它那草原上凄清冷漠的沉静，

它那随风晃动的无尽的森林，

它那大海似的汹涌的河水的奔腾，

我爱乘着车奔上那村落间的小路，

用缓慢的目光透过那苍茫的夜色，

惦念着自己夜间住宿之处，迎接着

道路旁点点微微颤动的灯火。

我爱那野火冒起的轻烟，

草原上过夜的大队车马，

苍黄的田野中小山头上，

那一对闪着微光的白桦。

我怀着人所不知的快乐，

望着堆满谷物的打谷场，

覆盖着稻草的农家草房，

镶嵌着浮雕窗板的小窗，

而在有露水的节日夜晚，

在那醉酒的农人笑谈中，

观看那伴着口哨的舞蹈，

我可以直看到夜半更深。

【交流之窗】

"我爱祖国，但却用的是奇异的爱情！连我的理智也不能把它制胜。"爱祖国如同一份爱情一样，是毫无理由的，莫名的！在这首诗中，诗人对祖国的爱炽热、具体，形象可感！他爱的都是和平时期点点滴滴的美好：一种谈笑，一个夜晚，农家草房，欢乐的打谷场……

泰戈尔诗两首

[印度]泰戈尔

更多的给予

帕坦①的士兵们绑来了

一群被俘的锡克——

舒里特干基的地面早已

变成了血的颜色。

那瓦布②说:"喂,特鲁新格,

我要赦免你。"

特鲁新格回答说:"为什么

你特别轻视我?"

那瓦布说:"你是大英雄,

我不愿对你无礼,

割下你的发辫③走吧,

我只有这点要求。"

特鲁新格说:"你的慈悲

我永远不会忘记；

你要的太少，我将多给——

发辫再加上我的头。"

1900年10月

【注释】

①帕坦：居住在阿富汗和巴基斯坦西北边省及旁遮普邦一带的少数民族，信仰伊斯兰教。

②那瓦布：伊斯兰统治印度时期的藩王。

③锡克教徒终身不剃发须，要求他割下发辫即是要他背叛自己的宗教。

【交流之窗】

"头可断，血可流，革命意志不可丢。"面对屈辱，只有一个出路——不让对方得逞。坚守信仰，绝不背叛，拒绝施舍，这样的英雄在中华民族的历史上也比比皆是。

不屈服的人

那时候，奥朗则布

正蚕食着印度的锦绣河山——

有一天，马鲁瓦的国王

佳苏般特前来朝见：

"陛下，在一个漆黑的夜晚，

有人埋伏在阿遮勒堡壕沟里

悄悄捉住了西鲁希王苏罗坦——

他现在是我宫廷里的囚犯。

我的主人，请你吩咐，

对于他，你希望怎样惩办？"

奥朗则布听了说：

"真是不可思议的消息！

费尽时光居然捉到了

这惊人的霹雳。

他率领着几百山国健儿

驰骋在高山丛林里，

这位拉其普特英雄像沙漠中

耀眼的彩虹一样飘忽来去，

我要召见他，

派使者带他到这里！"

于是马鲁瓦国王佳苏般特

低头合掌请求说：

"禁锢在我宫廷里的

是一只刹帝利种姓的幼狮，

陛下要见他——

请先恩准我的请求吧：

对于这年轻的武士

绝对不要侮辱和轻视。

我将亲自陪他前来，

如果陛下允许。"

奥朗则布微笑着回答说：

"你说的是什么话，

聪明无比的英雄

马鲁瓦的国王啊！

我的心里感到害羞，

因为这话出自英雄的口。

自尊的人谁能够

损害他的尊严？

告诉你，不必担忧，

尽管带他走进我的宫殿。"

西鲁希王来到朝廷上，

陪他前来的是马鲁瓦国王。

他气昂昂地抬着头，一双

向前平视的眼睛炯炯发光。

侍从们大喝道："跪下，

不懂礼貌的强盗！"

头靠在佳苏般特的肩上

苏罗坦安闲地答道：

"除了父母的双脚，

我从不向任何人拜倒。"

奥朗则布的侍从

气红了眼瞪视着苏罗坦：

"我要教会你行礼；

我会叫你把头低下。"

西鲁希王笑着回答：

"休做此想吧！

威胁不会使我低头，

我向来不知道什么是惧怕。"

宫殿里挺立着英雄苏罗坦，

手抚着腰间的长剑。

奥朗则布拉过苏罗坦

让他坐在自己身边，

问道："英雄，五印度中间

什么地方最称你的心愿？"

苏罗坦答道："阿遮勒堡，

世界上只有它最好！"

肃静的朝堂上断续地

发出了低声的嘲笑，

于是奥朗则布笑着说：

"我许你永驻阿遮勒堡。"

1900年10月

【交流之窗】

在捍卫尊严的时候，每个人都应该理直气壮、铁骨铮铮。自尊的人，敌人也会尊敬你。在这里，即使是敌人，也投来敬佩的目光！这就是英雄的形象，这就是不屈的尊严！英雄，让敌人恐惧，让对手尊敬！

为威尼斯共和国覆亡而作

[英国]华兹华斯

锦绣东方曾一度归她主宰；

西方也靠她卫护，受她庇荫；

威尼斯的身价无愧于她的身份，

她原是自由女神的第一个婴孩。

贞淑如处女，明艳而从容自在，

阴谋和暴力都对她丝毫无损；

当她有意为自己找一个情人，

她便选中了万古如斯的大海。

后来呢，她权势衰颓，荣华枯槁，

尊严沦落这等事本属寻常；

而当她悠长的生命终于不保，

我们却难免别有一番惆怅：

我们是凡人，不能不伤感，当看到

昔日的庞然大物，连影子也消亡。

【交流之窗】

1797年5月12日，威尼斯共和国的国会以512票赞成、20票反对、5票弃权通过了不抵抗拿破仑的决议，4天后，4000名法国士兵进驻威尼斯，威尼斯共和国从此从历史上消失了。一千年前缺衣少穿的威尼斯人曾经抵抗了法国查理大帝的侵略，锦衣玉食的威尼斯人却将国家拱手相让。华兹华斯这首诗表达了对此事的伤感。

家 第
国 四
编

伯恩克（Boehncke）一家

季羡林

讲到反对希特勒的人，我不禁想到伯恩克一家。

所谓一家，只有母女二人。我先认识伯恩克小姐。原来我们可以算是同学，她年龄比我大几岁，是学习斯拉夫语言学的。我上面已经说过，斯拉夫语研究所也在高斯—韦伯楼里面，同梵文研究所共占一层楼。一走进二楼大房间的门，中间是伊朗语研究所，向左转是梵文研究所，向右转是斯拉夫语研究所。我天天到研究所来，伯恩克小姐虽然不是天天来，但也常来。我们共同跟冯·格林博士学俄文，因此就认识了。她有时请我到她家里去吃茶。我也介绍了张维和陆士嘉同她认识。她家里只有一个老母亲。父亲已经去世，据说生前是一个什么学的教授，在德国属于高薪阶层。因此经济情况是相当好的，自己住一层楼，家里摆设既富丽堂皇，又古色古香。风闻伯恩克小姐的父亲是四分之一或六分之一犹太人，已经越过了被屠杀被迫害的临界线，所以才能安然住下去。但是，既然有这样一层瓜葛，她们对希特勒抱有强烈的反感。这也就成了我们能谈得来的基础。

伯恩克小姐是高材生，会的语言很多。专就斯拉夫语而言，她就会俄文、捷克文、南斯拉夫文等等，<del>竟</del>是她的主系，并不令人吃惊。至于她的两个副系是什么，我忘记了；<del>也</del>许当时就不知道。总之是说不出来了。她比我高几年，学习又非常<del>优异</del>；因为是女孩子，没有被征从军。对她来说，才能和时间都是绰绰<del>有余</del>的。但是到了我通过博士口试时，她依然是一个大学生。以她的才<del>能和</del>勤奋，似乎不应该这样子。然而竟是这样子，个中隐秘我不清楚。

这位小姐长得不是太美，脾气大概有<del>点</del>孤高。因此，同她来往的人非常少。她早过了及笄之年，从来不见她有过男朋友，她自己也似乎不以为意。母女二人，形影相依，感情极其深厚诚挚。有一次，我在山上林中，看到她母女二人散步，使我顿悟了一层道理。"散步"这两个字似乎只适用于中国人，对德国人则完全不适用。只见她们母女二人并肩站定，母右女左，挽起胳膊，然后同出左脚，好像是在演兵场上，有无形的人喊着口令，步伐整齐，不容紊乱，目光直视，唰唰唰地走上前去，速度是竞走的速度，只听得脚下鞋声击地，转瞬就消逝在密林深处了。这同中国人的悠闲自在，慢慢腾腾，简直是风马牛不相及。其中乐趣我百思不解。只能怪我自己缘分太浅了。

这个问题先存而不论。我们认识了以后，除了在研究所见面外，伯恩克小姐也间或约我同张维夫妇到她家去吃茶吃饭。她母亲个儿不高，满面慈祥，谈吐风雅，雍容大方。看来她是有很高的文化素养的。欧洲古典文化，无论是音乐、绘画，还是文学、艺术，老太太样样精通，谈起来头头是道，娓娓动听，令人怡情增兴，乐此不疲。下厨房做饭，老太太也是行家里手。小姐只能在旁边端端盘子，打打下手。当时正是食品极端缺少的时期，有人请客都自带粮票。即使是这样，"巧妇难为无米之炊"，请一次客，自己也得节省几天，让本来已经饥饿的肚子再加码忍受更难忍的饥饿。这一位老太太就是在这样的情况下，亲手烹制出一桌颇为像样子的饭菜的。她简直像是玩魔术、变戏法。我们简直都成了神话中人，坐在桌旁，一恍惚，热气腾腾的美味佳肴已经整整齐齐地摆在桌子上。大家可以想像，我们这几个沦入饥饿地狱里的饿鬼，是如何地狼吞虎咽了。这一餐饭就成了我毕生难忘的一餐。

但是，我认为，最让我兴奋狂喜的还不是精美的饭菜，而是开怀畅谈，共同痛骂希特勒等法西斯头子。她们母女二人对法西斯的一切倒行逆施，无不痛恨。正如我在上面讲到的那样，有这种想法的德国人，只能忍气吞声，把自己的想法深埋在心里，绝不敢随意暴露。但是，一旦同我们在一起，她们就能够畅所欲言，一吐为快了。当时的日子，确实是非常难过的。张维、陆士嘉和我，我们几个中国人，除了忍受德国人普遍必须忍受的一切灾难之外，还有更多的灾难，我们还有家国之思。我的远处异域，生命朝不保夕。英美的飞机说不定什么时候一高兴下蛋，落在我们头上，则必将去见上帝或者阎王爷。肚子里饥肠辘辘，生命又没有安全感。我们虽然还不至于"此中日夕只以眼泪洗面"，但是精神绝不会愉快，是可想而知的。在这样的情况下，只有到了伯恩克家里，我才能暂时忘忧，仿佛找到了一个沙漠绿洲，一个安全岛，一个桃花源，一个避秦乡。因此，我们往往不顾外面响起的空袭警报，尽兴畅谈，忘记了时间的流逝，一直谈到深夜，才蓦地想起：应该回家了。一走出大门，外面漆黑一团，寂静无声，抬眼四望，不见半缕灯光，宇宙间仿佛只剩下我一个人，我一个人仿佛变成了我佛如来，承担人世间所有的灾难。

我离开德国以后，在瑞士时，曾给她母女二人写过一封信。回国以后，没有再联系。前些日子，见到张维，他告诉我说，他同她们经常有联系。后来伯恩克小姐嫁了一个瑞典人，母女搬到北欧去住。母亲九十多岁于前年去世，女儿仍在瑞典。今生还能见到她吗？希望可以说是微乎其微了。悲夫！

【交流之窗】

1935年，青年学子季羡林赴德留学，开始了十年羁旅生涯。数十年后，学术泰斗季先生已近耄耋之年，忆及往昔，遂写下一部《留德十年》，以时间的脉络，记述了先生当年背井离乡赴德求学的经过。在赫赫有名的哥廷根大学，先生几经辗转选定印度学为主修方向，遂对其倾注热情与辛劳，最终获得博士学位，也由此奠定了毕生学术研究的深厚根基。在此过程中，先生饱尝了第二次世界大战的阴霾带来的苦难，而于苦难之外，又更难忘学长深意，友人深情。先生虽言"自传"只述事实，不及其余，然"诗与真"并行不悖，洋洋十数万言，生命之诗性本已蕴藉其间。

国家与玫瑰

熊培云

2002年的一个冬日，雨水绵绵，我去布雷斯特的FNAC买回一张《小王子》的法语磁带，一路上边走边听，听到我熟悉的那段文字时，不禁停了下来，泪水夺眶而出。

Siquelqu'unaimeunefleurquin'existequ'àunexemplairedanslesmillionsetlesmillionsd'étoiles，？asuffitpourqu'ilsoitheureuxquandillesregarde.Ilsedit："Mafleurestlàquelquepart…"Maissilemoutonmangelafleur，c'estpourluicommesi，brusquement，toutslesétoiless'éteignaient！

> 如果一个人爱上了亿万颗星星中的一朵花，他望望星空就觉得幸福。他对自己说："我的花在那儿……"但是，如果羊把它吃了，对他来说，所有的星星都像忽地熄灭了……（译文）

你须寻得你所爱，并且为之守望。这是我初读《小王子》时的感动，至今未息。

而且，这种爱并不止于男女之情，也包括我对文字与思想之热爱。我曾经和删除我文章中的好句子的总编辑说，如果你删除文章里我最想表达的那句话，我之所爱，这就像羊把小王子的玫瑰吃掉了一样，对于我来说，这篇文章里所有的字在你的报纸上都忽地熄灭了。

回望人类历史，千百年来，我们守望的不只是爱，还有生活。当政治横行无忌，夺走我之所爱，夺走我之生活，那些被人高歌的伟大事业同样失去了存在的意义与价值，也忽地熄灭了。

尽管历史充满残酷，但它又是那么丰饶多情。关于爱与生活，本文不作长篇大论，只讲两个与之相关的小故事，一个发生在古代，一个发生在现代，却有着共同的主题。

第一个故事发生在古罗马时期。据说当年的罗马军队带着葡萄的种子到达位于高卢的博讷时，发现这里充沛的阳光与丰厚肥沃的砾石土地特别适合葡萄的种植，于是他们便和当地农民一样边种植葡萄边酿酒。谁知三年后，当军队要开拔时，有近半士兵都留了下来，因为这里的葡萄美酒俘获了他们的"芳心"，他们宁可留下来当酒农也不愿意再去南征北战，拓展帝国的疆土了。为此，查理曼大帝后来还不得不颁布法令，禁止军队经过博讷。甚至，在临终前，他还说过这样的话："罗马帝国靠葡萄酒而昌盛，又因葡萄酒而毁于一旦。"难怪莎士比亚会借李尔王之口说出"罗马帝国征服世界，博讷征服罗马帝国"。生活，让战争走开，让帝国坍塌。

第二个故事是关于"巴黎玫瑰"的。1942年5月，德军三个机械化师越过孚日山脉，沿罗纳河两岸直驱巴黎。这天夜里，巴黎凯旋门广场周围的几乎所有人家，都收到一大把鲜艳的玫瑰，里面附了一张纸条，上面写着："明天上街请都怀抱鲜花，让纳粹看看我们并没有被他们吓着。我们依旧热爱生活和大自然。"字条的落款是"洛希亚",一个卖花姑娘。据说,当德军进驻巴黎时,洛希亚看到平时生意兴隆的花店竟然没有一个人来买花,她心里十分难受,不是担心凋敝的生意,而是沦落的生活。于是,她将店里所有的玫瑰花和她从别人店里买来的玫瑰花一起打包,送给左邻右舍。洛希亚的行为感动了大家,第二天早晨,驻扎在香榭丽舍大街的德军发现,几乎所有的巴黎女人,都手捧鲜花,面带笑容,眼里没有一丝绝望的神情。

当时法新社记者以《玫瑰花的早晨》报道此事,这个细节给了远在伦敦的戴高乐将军和他的自由法国的战士们极大鼓舞。十年后,戴高乐还专门找到了洛希亚,并且将她称为"巴黎的玫瑰"。当年执勤的德军士兵著书回忆此事时,同样不忘感慨:我们可以征服这个国家,却无法征服生活在这里的人们。

这是两个意味深长的故事。前者,征服罗马帝国的,不是博讷,而是生活。准确说是平民的生活愿望征服了帝王的政治野心。在那样的年代,不跟随国王打仗算是"政治不正确"了。然而,这才是历史最真实的面貌——所有帝国终究灰飞烟灭,只有生活永远细水长流。而后一个故事则表明,即使大军压境,即使枪炮压倒了玫瑰,生活仍是可以选择的,人们一样可以尽享伊迪丝·皮阿芙《玫瑰人生》(Lavie en rose)中的情爱,选择站在玫瑰一边。你可以剥夺我的自由,却不能剥夺我对自由的不死梦想。你可以摧毁我的美好生活,却不能摧毁我对美好生活的无限向往。

二十一世纪,我们该怎样哺育和记录文明,如何从政治的世纪、流血的世纪,回到生活的世纪,流汗的世纪,在此我们不妨温习一下威尔·杜兰特写在《世界文明史》开篇中的一段话:

"文明就像是一条筑有河岸的河流。河流中流淌的鲜血是人们相互残杀、偷窃、争斗的结果,这些通常就是历史学家们所记录的内容。而他们没有注意的是,在河岸上,人们建立家园,相亲相爱,养育子女,歌唱,谱写诗歌,甚至创作雕塑。"

偶尔走失,从未离开。没有比生活更古老的过去,也没有比生活更高远的未来。无论经历多少波折、困苦与残酷,人们对美好生活的追寻,亘古如新。

【交流之窗】

战争开始了,生活还在继续!德国士兵也在感慨:"我们可以征服这个国家,却无法征服生活在这里的人们。""生活,让战争走开,让帝国坍塌。""文明就像是一条筑有河岸的河流。河流中流淌的鲜血是人们相互残杀、偷窃、争斗的结果,这些通常就是历史学家们所记录的内容。而他们没有注意的是,在河岸上,人们建立家园,相亲相爱,养育子女,歌唱,谱写诗歌,甚至创作雕塑。"

《甘地的武器——一个人的非暴力之路》自序

[美国]威廉·夏伊勒

我把爱因斯坦描写甘地的这句话放在本书的开头："后世的子孙也许很难相信,历史上竟走过这样一副血肉之躯。"

我亲眼目睹圣徒一般、俨然基督再世的甘地在地球上行走,开展"非暴力不合作"运动。这场运动大大削弱了大英帝国对印度的统治,被英国统治了二百五十年的印度,终因这场运动而重获自由。这是历史性的胜利,也是甘地的胜利。在全世界,这种胜利实属罕见。

但是,在更深远的意义上,圣雄的胜利不同于我们这个时代,甚至不同于任何时代任何个人的胜利。他把印度从殖民者的桎梏下解放出来,也把全世界的人从充满成见和愚见的生活方式中解放出来。因此,在他的葬礼上,末代总督蒙巴顿把他与佛祖、基督等同。

在这个冷酷、犬儒、残暴和物质的世界上,他教导并展示出:爱、真理、非暴力、理性和理想可以产生极为强大的力量。这股力量甚至能够战胜枪炮和刺刀,为受压迫和践踏的大众带来一定的正义、尊严、和平和自由。

诺贝尔生理学或医学奖得主阿尔伯特·圣捷尔吉在他的著作《疯猿》中写道：

> 在两次大战之间，在殖民主义的高峰，强权就是道理，就是力量，弱者理应屈服于强者。
>
> 甘地出现了，不费一枪一弹，把世界上最强大的政权赶出了印度。他教会了世界人民，某些事物高于武力，甚至高于生命本身。他向世人证明，强权已然失去了它原有的效力。

生而为人的甘地，远非完美。最早公开承认这一点的，正是他本人。像所有的历史人物那样，他经常前后矛盾，会一时冲动，也有怪癖。我亲耳听他本人为这些解释、辩护时，甚为惊讶。在这本回忆录中，我毫不犹豫地记录下这些。这并未减少我对他的景仰和热爱。

他像普通人一样，与妻子争吵。他们十三岁时就已成婚，用他自己的话来说，他对她是一种艰难的考验。她不识字，迷失在被丈夫动摇的世界中。但是她自有她的力量。

圣雄是世界上最最谦卑的人（好像并不知道自己的伟大）。尽管如此，我确实见过他在自己的同志面前一意孤行，强人所难。年近四十时，视婚姻为"肉欲关系"的他，要求那些有着幸福婚姻的人们跟他一样，恪守独身生活。即使如此禁欲，他的主要信徒和继任者尼赫鲁惊讶地发现，甘地仍会沉湎于两性生活。在他的晚年，印度获得独立，而他的生命也快走到尽头，甘地与印度教女子同床共眠，令人匪夷所思，甚至愤怒。对于那些景仰和热爱他的人来说，这实在与他大加宣扬的主张大相径庭。

除去这些人性的弱点，在我眼中，甘地是一位无比善良、毕生都在追求真理的人。他尊崇真理如同尊崇神明。他是一位圣徒，认为神给予人类最珍贵的礼物是爱，如若付诸实践，爱、理解、宽容、同情和非暴力会把人类从禁锢和压迫之下、从邪恶之中解救出来。

因为人类顽固不化，这一切没能在他的祖国和任何其他地方一一实现。可是，甘地把生命和才华都投入了这种尝试。他付出的比我们所见的可能更多。以他的智慧，他不抱任何幻想，但仍怀有无限的希望。

虽然我们相处的时间十分有限，但我亲眼看到他的艰辛努力。与他同行，亲眼目睹他的伟大、善良、愉快、幽默、谦卑和心思的细密，他动机的正直和无私，还有那种不可言喻的天才。这种经历是降临在我身上的最大财富。

我竭力想在书中描述出甘地对我这个无知的美国青年记者的影响。这种影响延续至今日，历经五十载，帮助我经受命运的起伏、人世的剧变以及人类的野蛮和伪善。他的影响像一线光明引导着我去理解（尽管十分有限）在这个复杂的星球上人生存的意义。

作为一场非暴力革命，印度革命，像它的领袖一样，也是独一无二的。我相信，在人类历史上，这是第一场获得了成功的非暴力革命。

经历了无数失败和挫折，在甘地的天才引发、领导和坚持下，这场革命终获成功。甘地从未怀疑过这样的结果，即使是在最黑暗的时刻，他也相信自己一定能亲眼见到印度的解放。即使对印度人，这场革命也很难理解，更何况我这个充满了西方成见和偏见的美国人。长久以来，整个西方一直被武力和强权所主宰，所以，即使丘吉尔这样精明的政客也不能理解印度的革命。我努力尝试去理解这场革命。也许这本短短的回忆录能给出一些启示，它记录了甘地其人，他发起这场革命并使它获得成功，在世界上留下了不可磨灭的印记。

这个无知的美国青年记者

【交流之窗】

2016年底有一部影片《血战钢锯岭》很多同学都看了吧？片中主人公愿意服兵役，愿意上战场，但是不愿拿枪！受尽鄙视和嫌弃之后，他上了战场，后来凭借他的信仰，他不仅安全从血肉横飞的战场回来了，而且救活了七十多个战士！尊重每个人的信仰。甘地就是这样一位手无寸铁的战士，他用自己的方式和敌人斗争，最终赢得了胜利。

关于希特勒入侵苏联的广播演说

[英国]丘吉尔

今晚，我要借此机会向大家发表演说，因为我们已经来到了战争的关键时刻。

今天凌晨四时，希特勒已进攻并入侵俄国。既没有宣战，也没有最后通牒；但德国炸弹却突然在俄国城市上空像雨点般地落下，德国军队大举侵犯俄国边界。一小时后，德国大使拜见俄国外交部部长，称两国已处于战争状态。但正是这位大使，昨夜却喋喋不休地向俄国人保证，德国是朋友，而且几乎是盟友。

希特勒是个十恶不赦、杀人如麻、欲壑难填的魔鬼；而纳粹制度除了贪得无厌和种族统治外，别无主旨和原则。它横暴凶悍，野蛮侵略，为人类一切形式的卑劣行径所不及。

过去的一切，连同它的罪恶，它的愚蠢和悲剧，都一闪而逝了。我看见俄国士兵站在祖国的大门口，守卫着他们的祖先自远古以来劳作的土地。我看见他们守卫着自己的家园，他们的母亲和妻子在祈祷——啊，是的，有时人人都要祈祷，祝愿亲人平安，祝愿他们的赡养者、战斗者和保护者回归。

我看见俄国数以万计的村庄正在耕种土地，正在艰难地获取生活资料，那儿依然有着人类的基本乐趣，少女在欢笑，儿童在玩耍。我看见纳粹的战争机器向他们碾压过去，穷凶极恶地展开了屠杀。我看见全副戎装、佩剑、马刀和鞋钉叮当作响的普鲁士军官，以及刚刚威吓、压制过十多个国家的、奸诈无比的特工高手。我还看见大批愚笨迟钝、受过训练、唯命是从、凶残暴戾的德国士兵，像一大群爬行的蝗虫正在蹒跚行进。我看见德国轰炸机和战斗机在天空盘旋，它们虽然因英国人的多次鞭挞而心有余悸，却在为找到一个自以为唾手可得的猎物而得意忘形。在这番嚣张气焰的背后，在这场突然袭击的背后，我看到了那一小撮策划、组织并向人类发动这场恐怖战争的恶棍。

于是，我的思绪回到了若干年前。那时，俄国军队是我们抗击同一不共戴天的敌人的盟军，他们坚韧不拔，英勇善战，帮助我们赢得了胜利，但后来，他们却完全同这一切隔绝开了，虽然这并非我们的过错。

我亲身经历了所有这一切。如果我直抒胸臆，感怀旧事，你们是会原谅我的。但现在我必须宣布国王陛下政府的决定，我确信伟大的自治领地在适当时候会一致同意这项决定。然而我们必须现在，必须立即宣布这项决定，一天也不能耽搁。我必须发表这项声明，我相信，你们绝不会怀疑我们将要采取的政策。

我们只有一个目标，一个唯一的、不可变更的目标。我们决心要消灭希特勒，肃清纳粹制度的一切痕迹。什么也不能使我们改变这个决心。什么也不能! 我们决不谈判; 我们决不同希特勒或他的任何党羽进行谈判。我们将在陆地同他作战, 我们将在海洋同他作战, 我们将在天空同他作战, 直至邀天之助, 在地球上肃清他的阴影, 并把地球上的人民从他的枷锁下解放出来。

任何一个同纳粹主义做斗争的人或国家, 都将得到我们的援助; 任何一个与希特勒同流合污的人或国家, 都是我们的敌人。这一点不仅适用于国家, 而且适用于所有那些卑劣的、吉斯林^①之流的代表人物, 他们充当了纳粹制度的工具和代理人, 反对自己的同胞, 反对自己的故土。这些吉斯林们, 就像纳粹头目自身一样, 如果没有被自己的同胞干掉(干掉就会省下很多麻烦), 就将在胜利的翌日被我们送交同盟国法庭审判。这就是我们的政策, 这就是我们的声明。

因此, 我们将尽力给俄国和俄国人民提供一切援助。我们将呼吁世界各地的朋友和盟友采取同样的方针, 并且同我们一样, 忠诚不渝地推行到底。

我们已经向苏俄政府提供了力所能及的、可能对他们有用的技术援助和经济援助。我们将日以继夜地、越来越大规模地轰炸德国, 月复一月地向它大量投掷炸弹, 使它每一个月都尝到并吞下比它倾洒给人类的更加深重的苦难。

值得指出的是, 仅仅在昨天, 皇家空军曾深入法国腹地, 以极小损失击落了28架侵犯、玷污并扬言要控制法兰西领空的德国战斗机。

然而，这仅仅是一个开端。从现在起，我国空军的扩充将加速进行。在今后6个月，我们从美国那儿得到的援助，包括各种战争物资，尤其是重型轰炸机，将开始展示出重要作用。这不是阶级战争，这是一场整个大英帝国和英联邦，不分种族，不分信仰，不分党派，全都投入进去的战争。

希特勒侵略俄国仅仅是蓄谋侵略不列颠诸岛的前奏。毫无疑问，他指望在冬季到来之前结束这一切，并在美国海军和空军进行干涉之前击溃英国。他指望更大规模地重演故技，各个击破。他一直是凭借这种伎俩得逞的。那时，他就可以为最后行动清除障碍了，也就是说，他就要迫使西半球屈服于他的意志和他的制度了，而如果做不到这一点，他的一切征服都将落空。

因此，俄国的危险就是我国的危险，就是美国的危险；俄国人民为保卫家园而战的事业就是世界各地自由人民和自由民族的事业。

让我们从如此残酷的经验中吸取教训吧！在这生命尚存，力量还在之际，让我们加倍努力，合力奋战吧！

【注释】

①吉斯林（1887—1945），挪威人，推崇希特勒，在挪威鼓吹纳粹主义和排犹思想，发起成立"民族统一党"，1939年曾声明支持德国对挪威实行军事占领，1942年任挪威法西斯政府首席部长。后"吉斯林"一词成为民族叛徒的通称。

【交流之窗】

俄罗斯总统普京曾经说，"一旦遭人欺辱，瞬间就应回击"，"领土问题，只有战争"。"二战"中，在领土遭到侵犯的时候，法西斯希特勒企图攻占伦敦的时候，丘吉尔坚定地回击。当战争难以避免的时候，全世界正义的力量团结起来，消灭敌人。"任何一个同纳粹主义做斗争的人或国家，都将得到我们的援助；任何一个与希特勒同流合污的人或国家，都是我们的敌人。"向往和平，反对战争，是人类共同的心愿。

曼德拉出狱演讲稿（节选）

[南非]曼德拉

我以和平、民主和全人类自由的名义，向你们大家致敬。我不是作为一名预言家，而是作为你们的谦卑的公仆，作为人民的公仆，站在这里和你们面前。

你们经过不懈的奋斗和英勇牺牲，使我有可能在今天站在这里，因此，我要把余生献给你们。

在我获得释放的今天，我要向千百万同胞，向全球各地为我的获释做出过不懈斗争的同胞，致以亲切的和最热烈的感谢。

今天，大多数南非人，无论黑人还是白人，都已认识到种族隔离制度绝无前途。为了确保和平与安全，我们必须依靠自己的声势浩大的决定性行动，来结束这种制度。我国各个团体和我国人民的大规模反抗运动和其他行动，终将导致也只能导致民主制度的确立。

种族隔离制度给我们这片大陆造成了难以估量的破坏。成千上万个家庭的生活基础遭到了摧毁。成千上万人流离失所，无法就业。

我们的经济濒临崩溃，我们的人民卷入了政治冲突。我们在1960年采取了武装斗争方式，建立了非洲人民国民大会的战斗组织——"民族之矛"，这纯属为反抗种族隔离制度的暴力而采取的自卫行动。

今天, 必须进行武装斗争的种种原因依然存在。我们别无选择, 只有继续进行武装斗争。我们希望, 不久将能创造出一种有利于通过谈判解决问题的气氛, 以便不再有必要开展武装斗争。

我是非洲人国民大会的忠诚的遵守纪律的一员。因此, 我完全赞同它所提出的目标、战略和策略。

现在需要把我国人民团结起来, 这是一项一如既往的重要任务。任何领导人, 都无法独自承担起所有这些重任。作为领袖, 我们的任务是向我们的组织阐明观点, 并允许民主机制来决定前方的道路。

关于实行民主问题, 我感到有责任强调一点: 运动的领导人要由全国性会议通过民主选举而产生。这是一条必须坚持、毫无例外的原则。

今天, 我希望能向大家通报: 我同政府进行的一系列会谈, 其目的一直是使我国的政治局势正常化。我们还没有开始讨论斗争的基本要求。

我希望强调一下, 除了坚持要求在非洲人国民大会和政府之间进行会晤以外, 我本人从未就我国的未来问题同政府进行过谈判。

谈判还不能开始——谈判不能凌驾于我国人民之上, 不能背着人民进行。我们的信念是, 我国的未来只能由一个在不分肤色的基础上通过民主选举而产生的机构来决定。

要谈判消灭种族隔离制度问题, 就必须正视我国人民的压倒一切的要求,即建立一个民主的、不分肤色的和统一的南非。白人垄断政权的状况必须结束。

还必须从根本上改造我国的政治制度和经济制度,以便使种族隔离制度千万的不平等问题得到解决,并保证我们的社会彻底实现民主化。

我们的斗争已经到了决定性时刻。我们呼吁人民要抓住这个时机,以便使民主进程迅速地、不间断地得到发展。我们等待自由等得太久了。我们不能再等了。现在是在各条战线上加强斗争的时候了。

现在放松努力将铸成大错,我们的子孙后代将不会原谅这个错误。地平线上萌现的自由奇观,应该能激励我们付出加倍的努力。只有通过有纪律的群众运动,胜利才有保障。

我们呼吁白人同胞加入我们的行列,来共同创造一个新南非。自由运动也是你们的政治归宿。我们呼吁国际社会继续采取行动,来孤立这个实行种族隔离制度的政府。

如果在目前取消对这个政府的制裁,彻底消灭种族隔离制度的进程就会有夭折的危险。我们向自由的迈进不可逆转。我们不应让畏惧挡住我们的道路。

由统一的、民主的和不分肤色的南非实行普选,是通向和平与种族和谐的唯一大道。

最后,我想回顾一下我在1964年受审时说过的话。这些话在当时和现在都一样千真万确。我说过:我为反对白人统治而斗争,也为反对黑人统治而斗争；我珍视民主和自由社会的理想，在这个社会中，人人和睦相处，机会均等。我希望为这个理想而生，并希望实现这个理想。但是如果需要，我也准备为这个理想而死。

【交流之窗】

消除隔阂，反对分歧，拥护和平，反对战争，世界人民友好相处，共创美好明天是全人类共同心声。曼德拉走出27年的牢狱生活时说："当我走出囚室、迈过通往自由的监狱大门时，我已经清楚，自己若不能把悲痛与怨恨留在身后，那么我其实仍在狱中。"振聋发聩，意味深长。从内心消除偏见，放下仇恨，是真正的解放自我，拥护和平。